Le cœur sur la main,
le doigt sur la gâchette

Valérie Damidot

Le cœur sur la main, le doigt sur la gâchette

Michel Lafon

118, avenue Achille Peretti – CS 70024
92521 Neuilly-sur-Seine Cedex

www.michel-lafon.com

à Suzanne et Guy

Avant-propos

Quand je regarde cette photo en couverture avec ce lionceau dans mes bras, je sais que *tout* s'est joué là.

Aujourd'hui, je le sais, mais à l'époque j'avais juste envie de prendre ce lionceau dans mes bras.

J'avais cinq ans, un petit cirque s'était posé à l'entrée de Palamós, en Espagne. C'étaient les vacances, avec mes copains on explorait tous les recoins du village ; je baragouinais un espagnol approximatif, mais on se fichait pas mal de la grammaire, on se marrait bien.

Un après-midi, nous avons découvert les roulottes ; le cirque s'installait, il y avait du monde, personne ne faisait vraiment attention à nous.

Une grande tente arborait un panneau : ENTRADA POR LOS PEQUEÑOS ANIMALES – 100 PESETAS.

Moi, ça me plaisait bien, les *pequeños animales*, je suis donc rentrée, personne ne m'a vue, mes copains ont suivi.

Dans une grande cage, tout au fond de la tente, des lionceaux. Il y en avait trois. Sans regarder, sans vérifier qu'il n'y avait pas leurs parents dans le coin, sans aucune crainte, je suis rentrée dans la cage. Seule.

Mes copains me criaient de sortir, moi je ne voyais que les petites boules de poils. Pas effrayés pour deux sous non plus, ils ont couru vers moi et on a roulé ensemble dans la sciure de leur cage.

J'ignore au juste combien de temps cela a duré.

Peut-être trois ou quatre minutes.

Ça m'a paru une éternité.

Ces petites boules chaudes qui se blottissaient

contre moi en me mordillant : j'étais en kif total.

J'étais déjà pleine de bave quand une énorme main m'a attrapée et m'a soulevée de terre. Un gros monsieur m'a traînée hors de la cage et s'est mis à me crier dessus.

Je n'ai pas compris tout de suite ce qu'il voulait. Et puis, un énorme rugissement m'a fait tourner la tête : la maman était là.

Le dresseur est arrivé, il m'a passé un savon en français, me disant que j'étais une petite sotte inconsciente, que j'aurais pu me faire dévorer toute crue…

Moi, je restais muette, je regardais la maman des lionceaux.

La mienne n'a pas tardé à rappliquer.

Les petits lions avaient été installés là pour faire des photos avec les touristes, mais il n'était pas prévu que les touristes tombent nez à nez avec leur mère…

La mienne a commencé à m'engueuler, je me suis mise à pleurer.

Une vieille dame du cirque a alors surgi de nulle part, elle a viré d'un mot le dresseur et le gros qui m'avait sortie de la cage et m'a demandé si je la voulais, cette photo. Elle m'a regardée fixement et a ajouté : « Toi, tu es une fille de cirque, tu n'as pas peur. »

Ma mère a approuvé et a payé les 100 pesetas.

Le gros, qui ne pouvait plus rien dire, a sorti un lionceau et l'a posé à côté de moi.

On pourrait croire que je tire la tronche sur la photo ; en réalité je regardais la vieille qui me souriait.

Ce jour-là, j'ai compris deux choses : j'étais faite pour vivre dans un cirque et je foncerais toujours pour le kif ; quelles qu'en soient les conséquences, le kif animerait ma vie.

Des années plus tard, je me suis fait tatouer « TPLK » (« tout pour le kif ») sur l'avant-bras, juste en dessous du tatouage qui représente mon caractère : un cœur posé sur la paume d'une main qui tient un flingue.

Le cœur sur la main, le doigt sur la gâchette.

En d'autres termes, je suis gentille, mais ne me cherche pas trop…

– 1 –

Premier décor

J'ai grandi dans une banlieue grise cernée par des tours. Du béton, du gris clair, du gris foncé, du gris sale, du gris triste et sans âme, du gris à perte de vue… Je pense que c'est pour ça que j'aime tant la couleur.

Le truc fascinant avec la banlieue, c'est que les cités ont toujours des noms qui n'ont rien à voir avec leur physique : cité des Fleurs, cité des Ibis, cité des Aviateurs, cité Victor-Hugo… Il serait content, tiens, Victor, de voir son nom sur un truc pareil. On dirait que les gars qui ont décidé des noms se sont réveillés un lendemain de teuf, la gueule en vrac :

« Eh, Maurice, comment on l'appelle, la cité, là ?

– Bah, j'sais pas, Jean-Jacques. C'est quoi les fleurs préférées de ta femme ?

– Les roses.

– Eh bah voilà, c'est bien, ça ! On n'a qu'à faire pareil pour le reste ! »

Jusqu'à l'âge de trois ans, j'ai vécu dans une de ces cités. En bas de mon bâtiment, il y avait un carré rempli de sable, mais aucun gamin n'y a jamais fait de pâté. Tout le monde savait que ce bac était en réalité les toilettes de tous les clébards du coin.

Du coup les mamans laissaient leurs gosses jouer dans les mini-carrés de pelouse en bas des blocs. Bon, soyons clairs, les chiens avaient parfois tendance à vouloir s'approprier aussi cette zone, mais c'était un peu de vert, un peu de nature ; fallait bien « prendre l'air », comme disait ma mère. Nous, les gamins, on s'en fichait un peu, des chiens. On les aimait bien, même quand ils piquaient nos BN. Ils étaient un peu comme nous dans le fond, ils adoraient se rouler par terre et courir après des ballons. Un chien, finalement, c'est le meilleur pote qu'un enfant puisse avoir, il se marre avec un rien et il est toujours content de te voir.

Quand j'ai eu quatre ans, on a quitté la cité, on est descendus plus bas dans Argenteuil, près d'un quartier pavillonnaire.

Mon père disait qu'on serait plus au calme, ma mère que ça nous éloignait du supermarché. Et moi, je ne disais rien, je me demandais juste s'il y aurait aussi des chiens.

On s'est installés au rez-de-chaussée d'un immeuble neuf. Un gros cube sans intérêt. Les architectes de l'époque avaient pour priorité de loger les gens. Le cadre de vie et l'esthétique, ça passait après. Au fil du temps, il a été repeint plusieurs fois. Blanc, gris, beige, gris… À la fin des années 1970, il a eu son heure de folie : une touche d'orange ! Mais ça n'a pas duré. En attendant il est solide ; quarante ans plus tard, il est toujours là et mes parents y ont vécu jusqu'au décès de ma mère, en 2012.

Le vrai luxe de la résidence Les Saules ? C'était qu'il y avait un véritable saule pleureur à l'entrée. Je pense que c'était l'arbre le plus laid que j'aie jamais vu ; chétif, malingre, ah ça, il pouvait pleurer ! Quand il a fini par crever, rongé par les chenilles, on l'a remplacé par son frère, et décidément ils étaient ridicules dans cette famille : il avait beau tenter d'étendre ses branches, ce saule avait toujours l'air d'un type bancal et mal coiffé.

Fini les carrés de pelouse, nous avions un petit jardin individuel, où trônaient un prunus rachitique et des troènes qui séparaient notre espace de celui des voisins. La grande classe.

L'appartement était doté d'un double séjour et de deux chambres, celle de mes parents et la mienne. Pas besoin de plus grand. J'étais et suis restée fille unique. Ma mère, trop fragile, a enchaîné les fausses couches et n'a jamais réussi à me donner des frères et sœurs.

Mes parents, tous les deux d'origine très modeste, n'avaient pas de meubles de famille. Quand ils se sont mariés, ils n'avaient même pas de meubles du tout. À vrai dire, à l'époque, ils vivaient dans une chambre de bonne, donc le problème des meubles ne se posait pas. C'était trop petit…

Plus tard, quand ils ont pris un appartement, ils ont dû se débrouiller. À cette époque, dans les années 1950, il n'existait ni Ikea, ni But, ni Conforama. L'un des rares magasins où on pouvait acheter du mobilier neuf, c'était Levitan. L'enseigne vendait du mobilier classique, un peu impersonnel, de mauvaise qualité et globalement très laid, il faut le dire.

C'est donc chez Levitan, à Argenteuil, que mes parents ont fait l'acquisition de leur premier meuble : un canapé. Quelque temps plus tard, révolution, ils ont pu acheter une cuisine équipée qu'ils ont gardée toute leur vie. Avec leur budget restreint, ils avaient limité les frais au strict nécessaire. Ils ont donc agrémenté leur intérieur de meubles et d'objets chinés aux puces et dans les brocantes. Durant toute mon enfance et mon adolescence, je les ai vus dénicher des petits meubles, des bibelots, des lampes…

Mon père avait beaucoup d'amis brocanteurs ou ferrailleurs. Un de ses meilleurs copains, un gitan très sympa qui s'appelait Vidal, nous donnait ou nous échangeait des tas de choses. Je l'adorais. C'est l'un des amis de mes parents qui ont le plus marqué mon enfance : toujours le sourire, toujours un cadeau pour moi. Quand il y avait des dîners à la maison, il dansait toujours le flamenco avec moi. Il était à mes yeux l'incarnation de la fête, la vraie.

Et puis surtout il avait un fils, Frédéric, mon premier grand amour de gamine. Mais ça, on en reparlera plus tard…

Revenons à la déco.

Notre intérieur était donc principalement fait de récup. Ce n'était évidemment pas Versailles, mais on y était bien et c'était pratique pour recevoir souvent.

Mon père retapait les meubles que Vidal apportait. C'est avec lui que j'ai appris à poncer, vernir, patiner, vieillir tout ce qui pouvait l'être. J'ai immédiatement adoré ça. Ça foutait de la poussière partout, et l'odeur de la cire à bois est devenue ma préférée juste après celle de la blanquette de ma mère.

Ma mère n'était pas la reine de la cuisine, ça la gonflait vite. N'étant pas gourmande, elle préparait des trucs simples et vite faits. Mais le dimanche, pour les déjeuners en famille, elle faisait de la blanquette.

Elle avait trouvé un vieux bouquin de recettes dans une brocante et avait tenté des trucs.

Après le lapereau à la pistache, la daurade à la bourgeoise, le sauté de veau aux olives et pléthore de plats aux noms exotiques nous ayant laissé mon père et moi dubitatifs, elle tenta la blanquette. Ce fut une réussite totale ! Du coup ça devint son plat fétiche. Je pense qu'elle a dû cuisiner l'équivalent de vingt troupeaux de petits veaux en cinquante ans. Parfois on aurait bien goûté autre chose, mais chaque fois elle annonçait fièrement : « Dimanche, j'ai prévu ma blanquette, vous êtes contents, hein ? »

On n'a jamais osé dire que non.

Mon père s'est donc mis à la cuisine pour épargner quelques veaux, et la vie a continué comme ça.

En plus de chiner, ma mère était aussi une grande collectionneuse. Au gré de ses trouvailles, elle s'est mise à tout accumuler. Parfois n'importe quoi. Et en grande quantité. Des timbres, qu'elle rassemblait dans d'innombrables albums, et toutes sortes d'objets, selon la mode des collections. Les porte-clés publicitaires dans les années 1960-1970, les pin's dans les années 1980, des mini-objets en laiton à la même époque (moulin à poivre, gramophone...). Les collections plus encombrantes ne lui faisaient pas peur non plus. Carafes à cognac, carafes à whisky, rien ne l'arrêtait.

Dans la cave, il y en avait partout ! Et ce n'était pas tout. En tant qu'abonnée à des catalogues de vente par correspondance, elle envoyait par la poste des bons pour recevoir des cadeaux. Ce que nous apportait le facteur était ahurissant. Des ustensiles ménagers qui ne fonctionnaient jamais, des bricoles très kitsch... Rien que des objets inutiles. Mais aux yeux de ma mère, ils avaient une qualité indéniable : elle les avait gagnés !

Et ça, c'était le truc le plus important.

Tant pis si la « machine à coudre » était en réalité un jouet de sept centimètres, ou si le collier de « perles de culture » était en mauvais plastique ; pas grave non plus si le sac en « vrai cuir de veau pleine fleur » était une pochette en Skaï. C'était cadeau, donc c'était rigolo.

En réalité, toutes ces « merveilles » disparaissaient dans des tiroirs. Petite, je portais tous les « bijoux », ça m'amusait beaucoup. En grandissant, comment dire…

Heureusement, elle avait aussi de bonnes idées. Parmi ses acquisitions, il y en avait une dont elle était très fière. Une encyclopédie Larousse en vingt-cinq volumes, reliée en cuir bordeaux, qu'elle avait achetée une petite fortune. Encombrant, c'est vrai, mais pour une fois, très utile ! Je m'en servais pour préparer mes devoirs, ou juste pour satisfaire ma curiosité. Cette encyclopédie, c'était le Wikipédia de l'époque, en un peu moins pratique : il fallait chercher les précieuses infos parmi les mille chapitres et les recopier à la main pour les exposés ; le copier-coller, ce n'était pas pour tout de suite…

Notre univers était donc fait d'un grand bric-à-brac haut en couleur. Une chose est sûre, l'appartement ne ressemblait à aucun autre ! Quand je repense à cette époque, certains détails me touchent. Je me souviens d'un meuble de salle de bains assez ordinaire mais très solide, auquel mes parents étaient très attachés. Régulièrement, quand ils avaient envie de changer de décor sans trop dépenser, ils repeignaient le meuble.

Une opération qu'ils ont dû faire au moins dix fois. Pour varier, ils l'ont ensuite recouvert de papier peint, puis d'adhésif Vénilia. Puis ils sont repassés à la peinture…

Ce meuble, qui en a vu de toutes les couleurs et de toutes les matières, c'est *le* meuble de mon enfance. Je me rappelle surtout un Vénilia orange avec des fleurs : chaque fois que je rentrais dans la salle de bains je tentais désespérément de l'abîmer tellement il était laid. J'ai finalement réussi à m'en débarrasser en renversant du dissolvant dessus. Je me suis fait pourrir, mais j'avais gagné, le meuble a été recouvert… en rose.

J'ai eu un gros pincement au cœur quand j'ai dû m'en débarrasser, après le décès de ma mère. J'ai eu l'impression de l'entendre me dire : « Mais enfin, il est presque neuf ! »

Aujourd'hui, je vis dans une maison que j'ai entièrement transformée. C'est un lieu qui me ressemble, et j'aime toujours autant chiner, vivre au milieu de meubles et d'objets qui ont déjà leur propre histoire. J'ai encore un peu de mal avec les meubles neufs.

– 2 –

Suzanne et Guy

Mes parents ont eu tous les deux une enfance très difficile. C'est ce passé commun qui les a rapprochés. Ils se sont reniflés et trouvés, la misère a toujours la même odeur. Malgré leurs fêlures, ils ont su me transmettre des valeurs de respect, de partage et de tolérance. Ils m'ont appris à aller vers les autres, à les aimer. Grâce à eux, j'ai aussi compris très tôt qu'il fallait travailler dur pour s'en sortir.

Ma mère répétait sans cesse que rien n'était acquis, que tout se méritait, qu'il fallait se battre pour obtenir ce qu'on voulait et que chaque centime gagné devait l'être en bossant chaque jour davantage.

Quand j'étais petite, pour gagner mes 5 francs hebdomadaires d'argent de poche, j'avais plutôt intérêt à participer. Je mettais le couvert, je débarrassais, j'essuyais la vaisselle que ma mère lavait, je l'accompagnais au marché, je rangeais ma chambre au cordeau… Croyez-moi, je méritais mes 5 balles ! Je ne me posais même pas la question. On m'avait expliqué que tout se méritait, je bossais donc comme une bonne petite fourmi en rêvant aux bonbecs que j'allais m'offrir avec ce pactole ! Oui, parce qu'à l'époque 5 francs de bonbecs, c'était l'eldorado ! Aujourd'hui, avec 80 centimes d'euros, t'as à peine quatre Schtroumpfs et deux bouteilles de Coca !

Mais même quand arrivait le moment de dépenser mes sous, ma mère m'expliquait qu'il fallait économiser et ne pas tout utiliser d'un coup. Au début, j'ai un peu fait la tronche, sauf qu'au bout d'un moment j'ai eu suffisamment pour acheter un disque ! Oui, un 33 tours, mon premier. L'album *Hotel California* des Eagles, parce que dessus il y avait le fameux slow, celui grâce auquel j'avais roulé ma première pelle !

Après ça, j'ai pris l'habitude d'économiser pour acheter des trucs plus gros, et j'ai compris ma mère.

Mes parents m'ont également appris à partager, à aller vers l'autre, à écouter et à comprendre. Je les ai toujours trouvés tellement classes malgré leurs origines modestes. Ils avaient la vraie classe, celle du cœur.

J'aime regarder les photos où ils sont jeunes et amoureux. Ma mère était gracieuse et féminine ; elle était si mince et si fragile que je cherche souvent un détail dont j'aurais pu hériter… Elle a les yeux bleu perçant, les miens sont verts, mais ma fille a les siens, et je la retrouve à travers elle.

Mon père est grand et a belle allure. Il a toujours porté une grosse moustache et des pattes. Tous les deux étaient beaux à crever. Ils se sont aimés toute leur vie.

Mon père a arrêté l'école très tôt. Il a dû travailler dès l'âge de quatorze ans. Il était très doué pour le dessin et a été embauché comme apprenti à l'atelier de création de la célèbre joaillerie Van Cleef & Arpels. Il y a appris très vite à concevoir des bijoux. C'était un vrai artiste. Il a dessiné de très belles pièces de joaillerie. L'épée que portait le prince Philip le jour de son mariage avec la reine Élisabeth, c'est lui ! Eh ouais !

La maison de joaillerie appréciait beaucoup ses talents de designer, mais un peu moins ses talents d'agitateur. Mon père était un peu anar, il avait un côté rebelle. Il était engagé à gauche, anticlérical, syndicaliste. Un jour, à l'occasion d'un gros conflit social, il a défendu les droits des salariés avec beaucoup de « conviction ». Mais dans la joaillerie, très feutrée, on n'aime pas beaucoup ça, la conviction, surtout quand elle gueule très fort en argot. La conviction des joailliers, elle doit rester impeccable, pas faire trop de boucan. Il a été viré. Un vrai coup dur.

Il a cherché ailleurs un emploi similaire. Mais dessiner des bijoux, c'est un métier peu répandu, les places sont rares. Il s'est alors dit qu'il pourrait devenir dessinateur de pub, mais c'était mal payé. Le salaire de ma mère en tant qu'aide-comptable était modeste. Mon père s'est fait une raison. Adieu le dessin… Il s'est présenté au concours d'inspecteur de police. Rien de très artistique ! Et curieux choix pour un contestataire ! Mais bon, il avait son idée. Un poste de fonctionnaire, au moins, c'était stable. Et il avait une vision humaniste du métier de policier. Certes, il y a la loi, mais le contexte du délit et la personnalité du délinquant comptent aussi. Avant tout, il faut être humain.

« Pour niquer le système, il faut entrer dans le système. » C'était sa devise, j'en ai fait la mienne, et c'est devenu celle de mon fils.

Il a été reçu au concours. Son côté « flic sympa » ne l'a pas empêché d'être efficace. Au fil des années, il a gravi les échelons et il a fini sa carrière en tant que commissaire divisionnaire. À cinquante-huit ans, il a pris sa retraite. Et il a retrouvé son âme d'artiste ! Il s'est entièrement consacré à la peinture.

Dans l'appartement d'Argenteuil, il avait transformé mon ancienne chambre en atelier et il peignait toute la journée. Le week-end, il partait à la campagne avec ma mère pour prendre des photos. Au retour, il saisissait ses pinceaux et s'inspirait des clichés pour réaliser ses toiles. Avec l'association Les Peintres du Marais dont il était membre, il exposait ses œuvres quatre fois par an. Elles se vendaient très bien, ce qui lui permettait d'agrémenter l'ordinaire.

Quand ma mère a pris à son tour sa retraite, mes parents ont fait plusieurs voyages en Asie : Vietnam, Thaïlande… Mon père était fasciné par la beauté de ces pays, il s'imprégnait de leur lumière si particulière. De retour à Argenteuil, il se mettait à peindre des quantités de toiles très colorées : des enfants, des rizières, des îles, toutes sortes de paysages. Une manière de prolonger le voyage au milieu du béton. Son rêve : rester vivre au Vietnam le restant de ses jours. Mais il y avait un sacré obstacle pour mes parents : ne plus voir leurs petits-enfants ? Impossible !

Il a remisé ses idées d'exil et a continué à peindre des paysages pour s'évader autrement. Finalement, Argenteuil, ce n'était pas si loin du Mékong, il suffisait de fermer les yeux…

et fermer les yeux pour rêver qu'on est ailleurs, ça, mon père savait le faire depuis toujours.

Mon père est né dans une famille où les conditions de vie étaient dures. Il a grandi avec son frère et sa sœur dans un foyer modeste, dans un tout petit appartement sans salle de bains. Il partageait sa chambre avec son frère et, plus tard, sa sœur, au cinquième étage d'un immeuble en meulière au bord de la voie ferrée. C'était l'aîné, il a pris plus cher que les autres.

Il n'aimait pas beaucoup parler de son enfance. Du peu que j'en sais, il adorait son frère, sa sœur et sa maman. En revanche, il a toujours détesté son père, qui le lui a bien rendu.

Il faut dire que mon grand-père n'était pas un tendre ; les câlins, les encouragements et tout ce qui va avec, ce n'était pas son fort, au vieux. Mon père était un gamin sensible et plutôt artiste, il était farceur, rieur, affectueux. Tout l'inverse de mon grand-père qui était dur, beaucoup trop dur et l'a brisé avec sa brutalité. Mon père s'est mis à le détester.

Mon grand-père le haïssait tellement qu'il l'a collé en pension la majeure partie de sa vie d'écolier. Des pensions qui ressemblaient à des prisons, des endroits que même Dickens n'aurait pas osé décrire.

Mon père avait beau tenter, désespérément, de se faire tout petit lorsqu'il rentrait chez lui, le vieux ne cédait jamais, il le renvoyait en pension. Ma grand-mère n'osait rien dire, elle avait trop peur des représailles, elle devait donc laisser repartir son petit garçon la mort dans l'âme, tout en sachant pertinemment qu'à chaque départ il s'abîmait un peu plus.

Au fil du temps, mon père a fini par ne plus jamais l'appeler « papa » mais « le connard ».

Durant son enfance, mon père n'a pas simplement subi la brutalité familiale. Le contexte, lui aussi, était terrible. Il m'a souvent raconté ce qu'il avait vécu pendant la guerre. Il est né en 1931, il se souvient de tout. Avec son frère Roland, il a été envoyé à la campagne dans une famille censée les protéger. (Sa sœur, trop jeune, était restée à Paris avec ses parents.) Pas de chance, les fermiers ont maltraité les deux garçons. Ils les ont fait dormir dans une grange, les ont affamés. Roland est tombé malade – la faim l'avait contraint à manger des escargots crus. Mon père a gardé une lettre dans laquelle il suppliait sa mère : « Maman, si tu ne viens pas nous chercher, Roland et moi, on va se sauver. On va partir très loin et tu ne nous reverras plus jamais. » Mais elle ne pouvait pas venir. Elle devait travailler, il fallait économiser pour le voyage. Après s'être enfuis une première fois (et avoir été ramenés au bercail illico par les gendarmes), ils ont fini par être récupérés par leur mère.

Quand mon père me racontait tout ça, il finissait toujours par ce qu'il regrettait le plus : ne pas être retourné sur place, une fois adulte, pour « casser la gueule aux fermiers et mettre le feu à la grange ». Il a grandi avec ça et s'est endurci, même s'il a toujours gardé une part de rêve en lui. Il a fait avec ce qu'on lui avait donné, pas grand-chose en somme. Mais s'il a eu un père négligent, il a été un papa formidable, et quand on sait ce qu'il a vécu, les épreuves qu'il a traversées, je l'aime d'autant plus.

Quand j'étais petite et qu'il me racontait ses histoires de la guerre, moi aussi, je me disais que quand je serais grande j'irais cramer ces fumiers de fermiers. J'en ai même fait des cauchemars dans lesquels je voyais mon père affamé et mourant ; je me réveillais en sueur avec une haine farouche pour ces gens dont, aujourd'hui, même mon père a oublié le nom.

Mauvais père, mon grand-père n'avait rien non plus d'un papy gâteau. Avec ses petits-enfants, il n'était pas gentil. Mais alors, pas gentil du tout… Ce n'était clairement pas le roi du mot sympa et encore moins celui de la psychologie enfantine… Ma grand-mère, elle, était du genre effacée mais gentille. Son mari en profitait pour la malmener. Je me suis longtemps demandé comment elle avait supporté cette teigne pendant plus de cinquante ans.

L'été, mes parents m'envoyaient passer les vacances avec eux. J'y retrouvais mon cousin et mes deux cousines. Pour moi, l'enfant unique, c'étaient mes frères et sœurs. Nous séjournions en Bretagne ou en Vendée, dans des locations payées par mes parents et ma tante. L'été de mes six ans, nous logions dans un sous-sol en Vendée. J'avais très peur du noir, mes parents me manquaient. Résultat : je faisais pipi au lit. Mon grand-père, au lieu de dédramatiser, trouvait très amusant de m'humilier. Il prétendait que je pissais au lit parce que j'étais trop couvée, trop gâtée et disait qu'il allait m'ôter l'envie de recommencer avec sa « méthode ».

Il n'avait rien trouvé de mieux que de me faire faire le tour du pâté de maisons avec mon drap mouillé autour du cou. Juste pour le plaisir. Une fois, deux fois, trois fois… le rituel se répétait. Ça devenait vraiment compliqué. Il disait que comme ça j'arrêterais de pisser au lit ; le soir, au dîner, en prévention de la nuit, je n'avais pas le droit de boire. C'était vraiment un connard, mon père avait raison.

Mon cousin, qui avait douze ans, se faisait engueuler plus que nous encore, et ce petit manège du drap autour du cou a commencé à bien l'énerver. Alors, il a trouvé une astuce pour mettre fin au supplice.

Chaque nuit, il venait me réveiller pour que j'aille aux toilettes. Le lendemain matin, mes draps étaient secs. Je l'aimerai toujours pour ça. Il restera mon idole jusqu'à la fin de ma vie !

Du côté maternel, j'ai grandi sans grands-parents, ni oncles, ni tantes. Dès ma petite enfance, ma mère m'a expliqué que sa famille avait été décimée en 1944 lors d'un bombardement. Elle avait réchappé au drame par miracle.

Ma mère n'a conservé que deux photos d'avant guerre. Sur l'une, ses parents. Sur l'autre, elle, petite.

Je ne savais rien de sa famille. Mon père m'assurait que lui non plus. Ma mère n'évoquait jamais le sujet. Et si je posais des questions, elle se fermait aussitôt. Elle avait trop souffert, me disait-elle. Alors je n'insistais pas trop. Parfois quand je réclamais une anecdote de la guerre, elle ne parlait que d'un souvenir, toujours le même. Elle était née à Courbevoie et, comme mon père, elle avait été envoyée à la campagne. Je l'imaginais errant sur les routes et dans les bois, comme la petite fille de *Jeux interdits*. Pour payer son hébergement, les fermiers l'envoyaient trimer toute la journée dans les champs. Sa mission : débarrasser les pommes de terre des doryphores, de gros insectes qui s'attaquaient aux récoltes. Elle avait six ans, elle était terrorisée. Toute sa vie, elle a gardé de cette période un souvenir traumatisant. Elle en parlait très peu. L'évocation de cette période ravivait ses blessures. Elle préférait parler de ses souvenirs heureux : la guerre finie une fois pour toutes et son entrée au pensionnat, où elle a pu apprendre et manger à sa faim.

En grandissant, je pensais que le temps l'aiderait à guérir et qu'elle pourrait enfin se libérer de son passé. Mais elle est restée muette. À l'âge de dix-sept ans, j'ai découvert pourquoi. Et j'ai compris beaucoup de choses.

– 3 –

Petite marouflEUSE

Je n'ai jamais été solitaire. Très tôt, j'ai eu besoin d'être entourée. J'aimais les groupes, les bandes. Je crois que ça me rassurait. Est-ce parce que j'étais fille unique ? Peut-être. Enfant, j'aurais aimé avoir un petit frère ou une petite sœur. Mais mon existence était déjà un miracle.

Ma naissance a été très difficile. Ma mère a eu tant de mal à me concevoir, tant de mal à me mettre au monde qu'elle a eu par la suite une réaction bien naturelle. Elle a eu tendance à me surprotéger. Quand j'étais bébé, elle était angoissée, surtout quand je m'endormais. Mon père avait beau la rassurer, elle se relevait à tout bout de champ pour vérifier que je dormais bien. Elle surveillait tout, tout devait être parfait. Mais la perfection, ça n'existe pas ! Un beau matin, en buvant mon biberon, je me suis montrée un peu plus gloutonne que d'habitude. J'ai bu trop vite. Les vitesses sur les tétines des biberons n'existaient pas encore, je me suis étouffée. Je suis devenue toute violette. Panique à bord. Mon père est arrivé juste à temps pour me faire faire un exercice de gymnastique improvisée. Il m'a attrapée par les pieds, m'a renversée tête en bas et donné une grande tape dans le dos. Tout le lait a jailli. Un vrai geyser. Merci papa !

Était-ce l'anxiété de ma mère, l'affaire du biberon ? Toujours est-il que je suis devenue claustrophobe. Ce qui m'a causé pas mal de désagréments. Y compris les plus insoupçonnés. Enfant, je suis partie en guerre contre l'un des grands fléaux des années 1970 : le sous-pull en polyester. Tous ceux qui ont subi cette mode infâme me comprendront. Les sous-pulls, il y en avait de toutes les couleurs. C'était moche, ça collait, ça grattait, ça faisait transpirer, ça faisait des étincelles d'électricité statique quand on l'enlevait. Enfin, quand on y arrivait… Le col roulé était si serré que les têtes restaient coincées en route. Pour tout arranger, l'électricité statique du tissu faisait crépiter les cheveux. Une vraie centrale électrique ! Et quand on arrivait à en sortir, c'était pour se retrouver les cheveux dressés sur la tête comme si on avait mis les doigts dans une prise. Pour la plupart des enfants, c'était juste désagréable. Pour moi, c'était un supplice. Je suffoquais. Et plus je tirais sur le col, plus je paniquais. Au final, on a jeté les sous-pulls.

En plus d'être angoissée, ma mère était une femme secrète, timide, très réservée. On ne guérit pas de son enfance, le refrain est connu. Surtout si on l'enfouit au plus profond de soi. Cette façon d'être toujours dans la retenue l'a fait somatiser.

Elle souffrait de problèmes d'estomac, de calculs biliaires. Alors pour « se calmer », elle fumait. Beaucoup, frénétiquement : elle allumait une cigarette avec celle qu'elle venait de finir… C'était beaucoup… Beaucoup trop.

Elle avait de l'ambition pour moi. Son rêve : que je devienne avocate ou médecin. Comme pour beaucoup de parents, la réussite matérielle était un passeport pour le bonheur. Elle avait tant souffert qu'elle voulait le meilleur pour sa fille unique. Elle soignait beaucoup mon apparence. Elle n'avait pas de fric mais elle m'achetait de beaux vêtements et de jolies chaussures. Et j'allais à l'école avec un chouette cartable.

Très tôt, elle m'a appris la politesse, le savoir-vivre. Des codes indispensables pour comprendre les autres. Pour les respecter et se faire respecter. Elle m'a aussi appris à partager. Mon goûter, mes bonbons, mes jouets… J'ai transmis les mêmes valeurs à mes enfants. Quand ils étaient petits, je leur disais toujours : « Quand tu ne partages pas, tu n'as pas d'amis. » Cette générosité, ma mère la mettait en pratique. Malgré sa timidité, elle allait vers les autres. Elle faisait du soutien scolaire aux enfants. Comme mon père, elle ne supportait pas le racisme, l'homophobie, l'exclusion en général. Tous les deux, ils m'ont éduquée avec cette ouverture d'esprit. Mes copains et copines étaient de toutes les couleurs, de toutes les cultures. On allait jouer les uns chez les autres.

Je ne faisais aucune différence entre eux et moi. Depuis, le racisme et les préjugés ont pris une ampleur incroyable et ça me donne la nausée.

Il y a quelques années, j'ai acheté à l'un de mes amis qui fabrique des tee-shirts celui où il est écrit : « Quand j'étais petit, il n'y avait pas de Noirs, pas de juifs, pas d'Arabes. Il y avait juste des copains. » Le jour où plus personne n'aura besoin de porter ces tee-shirts, on aura gagné la partie. Mais ne rêvons pas. Ce jour est encore loin. Il faut continuer de se battre.

Aujourd'hui, ma mère n'est plus là.

Le tabac a fini par avoir sa peau. Mais je sais qu'elle aurait les mêmes révoltes que moi. Elle serait indignée par toutes les injustices et tous les égoïsmes. Les conditions de vie des migrants à Calais ? Elle n'aurait pas compris. Et pas seulement parce qu'elle avait vécu l'exode. Les gens qui s'opposent à l'ouverture d'un centre d'hébergement dans le XVIe arrondissement ? Les vieilles de mon quartier qui se plaignent de la présence du Samu social ? Même chose.

Peu à peu, ma mère est devenue plus sereine avec moi. Elle a lâché du lest. Il lui arrivait même de me laisser seule.

Durant ma petite enfance, j'attrapais des angines à répétition et certains jours je ne pouvais pas aller à l'école. Ma mère travaillant, je devais rester seule à la maison. Le matin, je bullais dans ma chambre. J'écoutais de la musique sur mon mange-disque orange, je faisais du coloriage, je lisais des bandes dessinées. Ma mère rentrait à midi pour déjeuner avec moi.

Quand j'ai été plus grande, elle me laissait un plateau-repas. Avant de repartir travailler, elle avait mis en place un petit rituel immuable. Elle m'installait sur le canapé avec une écharpe autour du cou, un coussin sous la tête et une couette sur les genoux. À mes côtés venait s'asseoir Ulysse, le chien très gentil qu'on m'avait offert pour mes trois ans, pour que je me sente moins seule les jours de maladie.

Ulysse a été mon premier confident. Et sûrement mon premier psy. Ma mère allumait la télé et me faisait un bisou qui laissait sur ma joue fiévreuse la trace de son Rouge Baiser. Et elle s'en allait. Sagement campés devant le poste, Ulysse et moi regardions des programmes très sérieux en noir et blanc.

Mon chien avait un faible pour « Aujourd'hui madame », le programme phare de l'après-midi. Un magazine destiné aux femmes au foyer. Quant à moi, j'adorais le générique de l'émission. Les invités me tenaient compagnie. Mais je ne captais rien. Par moments, j'enviais Ulysse… Lui, il avait l'air de tout capter, il était bien plus cultivé que moi.

Adulte, j'ai été prise d'un méga fou rire en regardant une rétrospective sur la télé des *seventies*. Dans un extrait d'« Aujourd'hui madame », on voyait un monsieur strict à la voix monocorde. Il animait (si on peut dire) un débat sur le sujet du jour : la frigidité. Sur le plateau, des dames assez peu décontractées apportaient leur témoignage. Avec le recul, ça ressemblait à une grosse blague. Mais à l'époque, c'était très gonflé. Si j'ai vu cette émission, cela a dû être la première fois que j'entendais parler de sexualité à la télé mais sans comprendre ce qui se passait !

La fièvre me faisait dormir un peu mais les journées étaient longues. Parfois je nous déguisais, Ulysse et moi. On improvisait des scénarios dans lesquels j'étais une princesse enfermée dans une tour et lui, mon fidèle chevalier prêt à me défendre contre les attaques extérieures. Parfois on jouait à la dînette et Ulysse attendait sagement que je découpe mes BN dans les mini-assiettes en plastique bleu. Parfois on se calait devant la fenêtre et on matait ce qui se passait dehors. Ma main autour de son cou, on se disait qu'un jour on se casserait d'ici et qu'on filerait dans un pays où il n'y a ni angine ni béton, un pays rempli de BN et de soleil.

En fin d'après-midi, quand ma mère rentrait, j'avais l'impression de ne pas l'avoir vue depuis une semaine. Comme chaque soir, j'avais droit à un cataplasme à la moutarde. Ça brûlait, mais c'était très efficace. Ça laissait un carré violet sur la peau jusqu'au lendemain, ça grattait et ça puait, mais ma mère n'aime pas trop les antibiotiques…

Encore aujourd'hui, quand je suis malade, je me colle ces cataplasmes à la moutarde. Ça s'appelle des « Rigollot », du nom du mec qui les a inventés il y a quasi deux cents ans. Mais j'ai compris ça plus vieille et quand, petite, ma mère me disait « on va mettre un rigolo », je pensais qu'elle se foutait de moi parce que franchement c'était tout sauf marrant, ce truc…

Chaque fois que je sentais pointer une angine, j'avais la même appréhension. Je redoutais plus les journées de solitude que la fièvre et les boutons dans la gorge.

Sans mon chien, je me demande ce que j'aurais fait de mes après-midi de gamine souffreteuse. Toute ma vie, j'aurai des chiens, toute ma vie, j'aimerai les animaux.

Quand mes enfants étaient petits, j'ai toujours refusé qu'ils vivent la même chose. En cas de bobo, je m'arrangeais pour rester avec eux, ou je les faisais garder par une baby-sitter.

Un enfant, malade ou non, ça ne doit jamais, jamais rester seul…

– 4 –

Dieu et le tableau noir

Mon enfance a été celle d'une petite fille de banlieue. Elle se cantonnait surtout à la ville d'Argenteuil.

J'accompagnais ma mère au supermarché Mammouth ou chez Cora, je jouais avec les enfants du quartier. Mes parents et moi, nous n'allions pas très loin, c'est vrai, mais j'étais une gamine heureuse. À l'époque, je connaissais peu Paris. Pour s'y rendre, il fallait une occasion spéciale. Je me rappelle être allée au Grand Rex voir *Dumbo*, et deux ou trois autres dessins animés de Walt Disney. Côté promenade, niveau verdure et forêt, c'est plutôt limité.

Ou alors dans un cadre festif, comme la Fête des Loges à Saint-Germain-en-Laye, qui est un souvenir dingue.

Pour le reste, je regardais comme tous les petits Français « Le Petit Train-Rébus » et « Bonne nuit les petits », avec son générique inoubliable. Et je m'endormais en serrant contre moi les poupées de Nicolas et Pimprenelle. J'avais aussi Nounours, mais il était si énorme que je devais le laisser au pied de mon lit.

Je suis allée à l'école maternelle d'Argenteuil. Même chose pour le CP et le CE1. Ensuite, du CE2 jusqu'en troisième, j'ai étudié à Colombes, la ville où je suis née. Pour s'y rendre, il suffisait de traverser la Seine. Mes parents m'avaient inscrite dans une école religieuse semi-privée, qui avait bonne réputation. Mais à mes yeux, elle avait un gros défaut : elle n'était pas mixte ! Les bâtiments austères, les bonnes sœurs grises qui trottent comme des souris... Avec leurs robes ramasse-poussière et leurs voiles, elles me faisaient flipper. Tous les samedis, c'était confesse après la récré. Et là, c'était terrible : qu'est-ce que j'étais censée dire ? Surtout qu'à mon premier cours de caté le curé a prononcé cette phrase qui a hanté toute mon enfance : « Dieu est un esprit pur et parfait, Il voit et Il entend tout ce que vous dites. » Super ! Pour moi, cette présence invisible capable de me pister et d'écouter le moindre de mes secrets était simplement flippante. Mais sachant ça, du coup je me demandais d'autant plus pourquoi il fallait aller raconter nos « péchés » à un sous-fifre si le chef là-haut captait tous nos faits et gestes…

Alors quand je rentrais dans le confessionnal, j'inventais : j'ai piqué dans le porte-monnaie de ma mère, j'ai menti à mon père, j'ai copié sur ma voisine… Bla-bla-bla… Chaque fois le verdict était le même : un sermon miteux et deux prières à réciter… Parfois, j'arrêtais de parler juste pour vérifier que le gars ne dormait pas ; en vrai, il somnolait…

Je me disais que c'était bien pratique, ce truc, et un peu : « Tu fais des conneries et tout est pardonné en deux minutes ? » Waouh ! En plus tu pouvais mentir à l'aise et ni Dieu (qui voit tout) ni son employé (qui somnole) ne captaient la supercherie ? Re-waouh !

C'est là que mon allergie à la religion a démarré, dans cette crypte d'école. J'ai trouvé tout ce cirque tellement pathétique que je me suis dit que si Dieu m'écoutait, je lui parlerais moi-même et lui dirais ce que je pensais de tout ça ; autant vous dire qu'il ne m'a jamais répondu.

Mon école s'appelait l'école Jeanne-d'Arc, et je me suis dit alors qu'en vrai elle devait être chanceuse, ou complètement folle, pour avoir réussi à parler avec Dieu. Mon père, qui détestait les curés, la religion et tout le toutim, n'a pu que m'encourager ; il disait que, tout ça, c'était de l'hypocrisie et que si un dieu existait quelque part, il suffisait de lui parler avec son cœur, pas besoin de tout le folklore qui allait autour.

Plus tard, dans les cours d'histoire, quand j'ai commencé à me pencher sur les guerres de Religion et les massacres qu'elles avaient engendrés, ma conviction a été faite : visiblement les mecs en bas ne pigeaient pas du tout ce que le mec là-haut leur demandait. Dieu parlait d'amour, de partage, de trucs de hippies en somme, et les autres, en son nom, égorgeaient et décimaient des populations entières. Je me disais que ça devait être dur d'être Dieu, aimé par tous ces tarés. C'est pas un job sympa, Dieu, en fait. Je suis devenue athée à plein temps.

Il n'y avait pas que la religion qui me contrariait, les cours m'ennuyaient terriblement. En réalité, j'ai toujours trouvé l'école assez angoissante. Et pas très naturelle. Rester assis des heures sans moufter, à écouter, à ingurgiter…

Pour moi, cette passivité forcée était difficile à vivre. J'avais l'impression que les profs s'ennuyaient autant que nous. On aurait dit qu'ils se vengeaient d'être enfermés avec nous, d'où les petites humiliations quotidiennes, interros surprises, convocations au tableau, punitions, etc.

Pour moi, passer au tableau était un cauchemar. Je détestais le bruit de la craie, il me faisait mal aux dents, me donnait des frissons, et je rougissais, du coup la maîtresse se moquait de mes joues tomate et de ma façon délicate d'écrire pour éviter le crissement. Chaque fois que j'entendais mon nom je tressaillais, mon estomac se nouait, j'étais pétrifiée. La maîtresse était une sadique, je le savais. Du coup, même si je connaissais la bonne réponse, avec le stress, je me trompais, c'était comme ça. Longtemps, j'ai fait des cauchemars dans lesquels je retournais à l'école et je devais écrire des centaines de mots au tableau.

Durant le primaire, je restais à l'étude jusqu'à 18 heures car mes parents travaillaient. Double peine. Les journées me semblaient interminables. Parce qu'on ne va pas se mentir : rester à l'étude ressemblait à une punition.

Le pion qui nous surveillait pendant qu'on « faisait nos devoirs » avait l'air aussi enchanté que nous. Je connaissais chaque recoin de la salle, chaque centimètre carré avait été scruté et mémorisé, chaque petite tache, chaque détail de la carte des départements… Je connaissais tous les visages des photos des campagnes sanitaires encadrées. Celle sur la nécessité de se brosser les dents était ma préférée : le papa avait l'air hyper concerné par les dents de sa progéniture, comme si sa vie dépendait de la moindre carie. Et les enfants étaient hyper bien coiffés, avec des pyjamas et des robes de chambre incroyables ; ça me fascinait tellement que je rêvais d'avoir le même look. Et puis il y avait le crucifix au-dessus du tableau. Jésus accroché par des clous ; lui aussi semblait s'ennuyer ferme. Avec sa tête un peu penchée, il avait l'air d'avoir de la peine pour nous…

Quand la cloche de la libération sonnait, on n'avait pas le droit de sortir en courant, il fallait marcher et sortir « tranquillement » en file indienne.

L'hiver, je n'aimais pas rester à l'étude, il faisait nuit, et jusqu'au bus c'était un peu long. Le seul truc qui m'amusait et qui m'empêchait d'avoir la frousse, c'était de chanter. Chaque soir d'hiver, tout le long du trajet, je sifflotais et je chantais pour me donner une contenance. Parfois ma copine Nathalie prenait le bus avec moi. À deux, on avait moins peur. Quand le bus mettait du temps à arriver, on sautait sur place pour se réchauffer, sauf quand il neigeait, là, c'était différent, on se jetait des boules de neige et le froid n'existait plus.

Ma copine Nathalie était un peu mon idole. Elle était aussi rousse que moi je suis blonde. Elle habitait Argenteuil aussi, mais plus haut que moi, dans un pavillon, et elle, elle avait un truc de dingue en banlieue, elle avait une piscine !

Quand j'allais chez elle, j'avais l'impression d'aller chez une star de cinéma. Chez elle, tout était moderne, beau. On aurait dit une maison de magazine. Sa mère créait des parfums… Je n'osais toucher à rien, je regardais tous les objets, fascinée. Je me disais que ça devait ressembler à ça, une maison, quand on est riche. Je me demandais si Ulysse aimerait cet endroit ; le chien de Nathalie, un briard, avait l'air de trouver ça pas mal, lui.

Nathalie a été ma première véritable amie. Elle était un peu comme moi, un peu garçon manqué. Elle aimait grimper aux arbres et faire du vélo. On rigolait beaucoup, on partait en vacances ensemble et, souvent, on se disait qu'on serait toujours amies. Aujourd'hui Nathalie est avocate, elle a deux enfants, et même si on ne s'appelle pas souvent, je sais qu'on est toujours les deux mêmes gamines.

Comme tous les enfants qui profitaient de la vie, je collectionnais les petits bobos. Le rouge est resté pour moi la couleur de mon enfance. Celui du Rouge Baiser de ma mère, celui de mon vélo… et le rouge du Mercurochrome, tamponné sur mes coudes et mes genoux écorchés.

Petite, j'étais une élève sage. Je bavardais un peu, rien de méchant. Mes parents m'avaient appris la politesse, et à l'époque la discipline régnait dans toutes les classes. Pas question de sortir du rang. Il fallait attendre les récréations pour se défouler. Et là, là, ça y allait ! Dans la cour, sous le préau, je n'étais pas du genre à rester dans mon coin. J'avais plutôt un tempérament de meneuse et j'adorais la rigolade. J'adorais jouer des personnages devant ma famille, mes copines, mes cousins. J'inventais des histoires, je faisais la mise en scène, je jouais. Ce que je préférais, c'était partir d'une situation que je trouvais ridicule, voire pathétique, et la tourner en dérision. Ça donnait une vraie scène de comédie et ça faisait plier de rire tout le monde.

À la fin du primaire, en CM2, j'ai eu une révélation. À l'époque, l'Éducation nationale avait institué un système appelé « dix pour cent ». Les enseignants devaient consacrer cette part de temps à des activités extrascolaires. Notre institutrice a choisi de faire des ateliers théâtre. C'est ainsi que j'ai joué, à l'âge de dix ans, des extraits de pièces de Molière avec les enfants de ma classe. *Le Médecin malgré lui* et *Les Femmes savantes.* Dans *Le Médecin malgré lui*, la maîtresse m'a confié le rôle principal. Car déjà, j'avais une voix qui portait. Ce rôle, c'était du sérieux. J'arborais un grand chapeau pointu, un faux nez et une collerette en papier blanc plié en accordéon. C'était presque la Comédie-Française !

J'avais une vraie passion pour ces petits cours de théâtre. Le rêve de ma vie était de partir sur les routes en roulotte avec une troupe. Jouer le soir, vivre en bande, bouger sans cesse. Quand on me demandait ce que je voulais faire plus tard, je répondais invariablement : « Vétérinaire comédienne itinérante ». Bon, le problème, c'est qu'il n'y avait pas d'école qui préparait à ce métier formidable…

En dehors des cours, j'étais toujours aussi dynamique. Mon père prenait un congé tous les mercredis pour m'accompagner à mes activités. Le matin, j'allais à la piscine ; j'étais terrifiée sur le plongeoir, mais je me débrouillais plutôt pas mal en natation, du coup le week-end je partais « en compète » en car avec mes copains dans les villes d'autres banlieues.

J'ai encore le souvenir de l'odeur des piscines, ce mélange de chlore et de pieds qui puent. Je peux sentir encore ma trouille sur le plongeoir, le bonnet sur la tête, attendant le top du coup de sifflet, les cris des copains qui encouragent, la flotte froide, le crawl, et ma tête essoufflée qui attend le résultat.

J'ai gagné une seule fois une coupe et je crois bien que je l'ai encore quelque part dans un carton. Ce jour-là, j'ai eu l'impression d'être une héroïne, d'avoir accompli un exploit de dingue. Bon, en réalité, c'était une coupe junior de rapidité au crawl, mais pour moi ce soir-là, j'avais gagné un Oscar.

L'après-midi mon père m'emmenait à Maisons-Laffitte pour mon cours d'équitation. Pourtant l'équitation, ce n'était pas dans les moyens de mes parents, mais ils ont contourné l'obstacle. Un ami policier de mon père avait un cheval en pension là-bas, dans une écurie. Il a trouvé un arrangement avec le club. En échange d'une réduction sur le prix des leçons, on me proposait de m'occuper des chevaux, de les brosser, de les nettoyer.

J'y passais l'après-midi. Entre les chevaux et moi, ç'a été un coup de foudre.

La monitrice était comme tous les profs d'équitation : dure et impitoyable. Moi, je l'amusais. Parce que je montais le plus grand cheval du club et que j'étais ridiculement petite sur son dos.

Elle ne comprenait pas pourquoi, mais ce grand canasson faisait tout ce que je lui demandais. Les autres élèves n'en voulaient pas, moi, je l'aimais d'amour.

J'ai tout de suite vu qu'il était maladroit dans son grand corps. Il voulait bien faire, pourtant personne ne le montait.

Les gamins avaient peur de lui ; je le trouvais attendrissant, et comme moi aussi j'étais maladroite et que tout le monde se foutait de moi à cause de ma petite taille, on se comprenait, lui et moi.

Voyant que ce grand couillon m'obéissait, Micheline, ma prof, sans trop y croire, nous a inscrits en compète de dressage, juste au cas où…

Avec le grand couillon, quand on a gagné quelques flots, les autres ont commencé à moins se moquer de nous et on rigolait bien, Gigantor et moi. Je l'avais rebaptisé comme ça parce que son vrai nom était Nagasaki et, franchement, je trouvais ça naze !

Un jour, avec Gigantor, on a presque gagné une compète régionale méga importante, hyper sérieuse avec plein de cavaliers hyper bien habillés et des chevaux trop bien peignés. Moi, j'avais la veste de ma prof, beaucoup trop grande ; Gigantor, comme il n'aimait pas trop les tresses dans sa crinière, j'avais beau les serrer au maximum, il avait toujours l'air mal coiffé. Forcément les autres nous regardaient en pouffant. On avait sûrement l'air ridicules, mais ça nous était égal. On s'est regardés tous les deux et on s'est trouvés très beaux. Mais au moment de franchir l'obstacle, Gigantor s'est fait piquer par une guêpe ou un taon, il a rué et j'ai volé. J'ai atterri sur la barre d'obstacle et je me suis réveillée à la clinique des Jockeys : trauma crânien et côtes brisées.

Quand je suis revenue au club, deux mois plus tard, Gigantor s'est expliqué, du coup je ne lui en ai pas voulu et on a pu continuer à faire des concours. Moi avec ma veste trop grande, et lui avec sa tignasse en pétard.

J'ai poursuivi ma passion. Je me disais qu'un jour j'aurais une roulotte et que je serais écuyère de cirque ; avec Gigantor, on vadrouillerait dans le monde entier.

Mon autre rêve ? Avoir un cheval à moi. L'année de mon bac, mon père m'a promis de m'en offrir un si j'étais reçue. J'ai eu mon bac, mais le cheval, je l'attends toujours. Un jour, je lui ai rappelé sa trahison. Vous savez ce qu'il m'a répondu ? « OK, Valérie, c'était du pipeau… Mais il fallait bien trouver un subterfuge pour que tu bosses ! »

Aujourd'hui, je continue de monter. Je n'ai jamais acheté de roulotte, ni de cheval, mais j'en rêve toujours…

– 5 –

Fantômette et Pif le gitan

Chez mes parents, il n'y avait pas que de la couleur. La musique faisait aussi partie du décor.

À la maison, il y avait l'énorme tourne-disque de mon père. Le son sortait du couvercle qui faisait enceinte : ce n'était pas que ça craquait, c'était que ça craaaaaaaaaaaaaaaquait !

Ah, le bon son du vinyle !

J'adorais ce bruit. Longtemps après, quand j'ai réécouté les mêmes morceaux sur une vraie chaîne hi-fi, je n'ai pas retrouvé cette ambiance.

Mon père, son truc, c'était le jazz. Il l'avait découvert dans sa jeunesse, à l'époque des caves de Saint-Germain-des-Prés.

Faut dire que mon père était un vrai zazou – en gros, c'était le mec le plus *swag* de son époque. Vu le nombre de fois où il a traîné au Caveau de la Huchette, je pense qu'on peut dire que son nom aurait mérité d'être gravé sur les murs ! J'ai même retrouvé des lettres de ma mère datées du début de leur histoire, où elle lui disait : « Je sais par vos amis qu'on vous a encore vu fanfaronner à Saint-Germain. »

J'ai beaucoup ri, d'abord parce que j'ai découvert que mes parents se vouvoyaient, et ensuite parce que la réponse de mon père était la meilleure preuve de la mauvaise foi masculine : « N'écoutez pas les ragots, mon amour, je ne fanfaronne pas, je suis à peine passé boire un verre. »

Je me demande si ma mère a gobé cette excuse…

Il aimait également le jazz manouche. C'est sans doute aussi pour ça qu'il avait beaucoup d'amis gitans. Ou l'inverse. Il est fasciné par cette culture ; ça, je dois bien avouer qu'il me l'a transmis dès ma naissance. D'ailleurs pour m'endormir, à l'époque, la meilleure astuce était de passer un disque de Django Reinhardt, ça m'apaisait mieux que n'importe quelle comptine !

C'est bercée par toutes ces musiques que j'ai commencé à dévorer les livres. Mes parents, là encore, y ont leur part. Ils n'avaient pourtant rien reçu de leur famille. Ce qu'ils savaient, ils le devaient à d'autres.

Aux religieuses du pensionnat pour ma mère. Mon père, lui, avait grandi dans une famille où on ne lisait pas. Il n'a que son certificat d'études, mais il est doué d'une grande ouverture d'esprit. Jeune apprenti, il s'était mis à lire tout ce qui lui tombait sous la main. Il n'a jamais arrêté. Il a plus de connaissances que beaucoup de diplômés.

Je lisais un peu de tout, des Bibliothèque rose et verte, que j'empruntais à la bibliothèque d'Argenteuil. Mon idole, c'était Fantômette ; d'abord parce qu'elle est hyper maligne, et ensuite parce que son costume est génial. Elle avait des ennemis avec des noms comme Le Furet, Bulldozer, Le Masque d'argent. Comme elle lisait beaucoup, elle avait toujours un livre sur elle. Et dans une de ses aventures, elle reçoit une flèche, mais elle s'en tire parce que la flèche se plante dans un livre de Victor Hugo qu'elle a dans la poche. La classe, quoi…

Ce n'est pas ce boulet de Dora l'exploratrice et son écureuil klepto qui peuvent en dire autant !

Mais je ne lisais pas que *Fantômette*, il y avait aussi *Le Club des Cinq* et la comtesse de Ségur ; je crois que j'ai dû lire dix fois *Les Malheurs de Sophie* et *Les Petites Filles modèles*.

Quand j'ai eu ma fille, je les ai relus ; je voulais qu'elle aime autant que moi ces bouquins un peu surannés. Bon, je dois avouer qu'en revivant leurs aventures j'ai trouvé ça tellement moralisateur et culpabilisant que j'ai eu envie de gifler Camille et Madeleine de Fleurville !

Je me jetais aussi sur les bandes dessinées. J'adorais les héros des comics Marvel. Je rêvais d'avoir ne serait-ce qu'un seul de leurs superpouvoirs ! Petite, sur ma liste au père

Noël, j'avais quand même demandé une baguette magique. « Il n'y a pas ça en stock », m'a-t-il répondu dans sa lettre que j'ai gardée très longtemps. Quel nul, ce vieux en rouge !

Et il y avait mon abonnement à *Pif Gadget*. Ah, les gadgets de Pif, c'était un truc dingue ! Je pense que plusieurs générations se souviendront toute leur vie de leurs pois sauteurs du Mexique ou du sous-marin à levure, de l'alambic solaire, la machine à œufs carrés (eh ouais), la plante carnivore (une vraie)…

Chaque semaine, j'étais en transe à l'idée de découvrir la surprise que me réservait Pif. Une fois on avait eu des poissons « préhistoriques ». Comment vous expliquer… Dans un sachet fermé, il y avait des trucs tout secs qu'il fallait mettre dans l'eau. Ces trucs, baptisés « Pifises », devenaient des mini-crevettes quand on les immergeait. J'ai jamais trop vu le rapport avec les dinosaures mais c'était quand même la classe. Et le chat (oui, j'avais aussi un chat, une chose toute malingre qui nous avait adoptés), il a trouvé ça particulièrement goûtu, la créature de la préhistoire.

Rahan, pour ceux qui ne le connaissent pas, c'était ce grand sauvage à la crinière de feu, hyper musclé en slip de peau de mammouth. Je crois que Rahan a été mon premier crush d'enfant. Quand il tuait à mains nues un gorak, un genre de gros lion avec des dents longues comme des défenses de rhino, en poussant son fameux cri « rahaaaaaa », je rêvais qu'il vienne vivre à Argenteuil. C'est sûr que ça l'aurait un peu changé de sa jungle, tout ce béton, mais on se serait bien marrés…

Vers dix ans, je me suis mise aux classiques. Mes parents les avaient déjà dans leur bibliothèque.

J'ai tremblé avec d'Artagnan, combattu l'injustice avec Monte-Cristo, embrassé fougueusement Julien Sorel, cru avoir comme Chloé un nénuphar qui m'empêchait de respirer, transpiré dans la mine avec Étienne Lantier et j'ai déclamé Antigone en pleurant le père Goriot… Je dévorais chaque livre avec une frénésie de toxico !

Le soir, quand ma mère éteignait ma lumière, c'est planquée sous les draps avec ma lampe de poche que je retournais vivre des aventures littéraires.

Tous ces livres, je les ai conservés chez moi dans une armoire. Quand mes enfants ont étudié les grands auteurs au collège et au lycée, ils n'ont eu qu'à l'ouvrir : tout y était.

À la télévision, j'ai vite délaissé « Aujourd'hui madame » pour des programmes plus variés. Et surtout plus fun ! Je regardais les émissions de variétés des Carpentier.

Ça, c'était du spectacle ! Pas de bla-bla, pas de promo. De la variété pure. Des chansons, des décors, des costumes, une vraie mise en scène. Et… un budget colossal. Bref, de vrais shows. On voyait défiler toutes les stars, seules ou en duo. Joe Dassin, Sacha Distel, Claude François, Sylvie Vartan, Johnny Hallyday, Serge Gainsbourg… Ces « Top à… », ces « Numéro 1 », je les regardais avec ma mère, je chantais comme une casserole en tentant de refaire les chorégraphies, et j'en suis rapidement venue à la conclusion que j'étais meilleure en grimpage aux arbres…

Depuis que je travaille pour la télé, je regrette que tout cela n'existe plus. J'aurais rêvé reprendre le concept en lui donnant un bon coup de fouet.

Ce ne sont pas les idées qui manquent… Mais trouver de tels moyens, c'est autre chose. Je pense que j'ai dû demander quatre cents fois à M6 de présenter une émission comme celle des Carpentier ! Je crois que mes patrons avaient dû voir des vidéos de mes prouesses de gosse parce qu'ils ont toujours refusé.

Un peu plus grande, je me suis mise à regarder « Le Cinéma de minuit », toujours avec ma mère. Encore un générique sublime. Des acteurs qui se superposent, la musique… Patrick Brion et sa voix si particulière au commentaire…

J'ai donc eu la chance de voir les grands classiques. Les enfants ne regardaient pas ces films, ils étaient diffusés trop tard. Je devais être l'exception qui confirme la règle.

Mais c'était notre moment privilégié avec ma mère.

Mon père filait se coucher et nous, on restait en tête à tête avec George Cukor, Fritz

Lang, Billy Wilder, Capra, Franju, Guitry, Minnelli, Ophüls, Carné, Risi, Visconti, Comencini et tutti quanti !

Chaque film me bouleversait à sa façon. Je rêvais d'être Marilyn, de danser comme Cyd Charisse, de faire la moue comme Scarlett O'Hara, de chevaucher comme Gene Tierney ; je prenais des poses devant la glace, je rêvais d'être comédienne hollywoodienne.

Elles avaient l'air de sentir toujours bon même à travers l'écran. Et même en noir et blanc, elles illuminaient mon salon. Et puis quelle classe ! Je crois que je connaissais par cœur la chanson et la danse de Rita Hayworth dans *Gilda*. Bon, évidemment, je n'avais pas sa crinière rousse… Moi, j'avais des cheveux en bataille qui ne se coiffaient jamais, ils refusaient en bloc la discipline, ma mère avait beau tenter des couettes, des nattes, des queues-de-cheval, invariablement ça finissait emmêlé et dans tous les sens.

Je me consolais en me disant que Rita et Ava ne devaient pas savoir construire des cabanes dans les arbres, vu que ça ne devait pas être pratique, les gants de soie et les talons, pour aligner des branches.

Le vendredi, à 20 h 30, c'était la grande folie. L'émission « Au théâtre ce soir » déferlait dans les foyers français avec ses éclats de rire. Jacqueline Maillan, Maria Pacôme, Jean Le Poulain… Ça claquait, ça gueulait, ça déménageait ! Et ça faisait un bien fou ! La Maillan était mon idole. Quant aux deux autres, ils cherchaient à s'entre-tuer dans une pièce anglaise hilarante qui s'appelle *Le Noir te va si bien*. J'adorais ! Ça aussi, c'est l'un de mes rêves : jouer cette pièce sur scène. C'est même devenu une vanne récurrente avec mon pote Nicolas Briançon, un des mecs de théâtre les plus brillants à mes yeux. Chaque fois que je dîne avec lui, je le saoule avec cette pièce. Il sourit gentiment, avec son œil rigolard. Mais je l'aurai un jour ! Je l'aurai !

La première fois que je suis allée au cinéma toute seule, c'était à L'Alpha, à Argenteuil. Il y en avait un autre qui, lui, s'appelait Le Gamma. Chic, non, le coup des lettres grecques ? J'avais douze ans, je suis allée voir *Lâche-moi les baskets*, une comédie gnangnan ado à la sauce américaine. La semaine suivante, je suis retournée à L'Alpha, cette fois avec mes copines. Nous avons vu *Attention au Blob,* une série Z comico-horrifique. L'histoire d'une grosse masse gélatineuse douée d'intelligence. Son but dans la vie : engloutir le monde entier. Ça, c'est du scénario ! À l'écran, c'est encore mieux. La preuve, le film est vite entré dans la catégorie des nanars cultes. Depuis ce jour-là, je reste fascinée par les nanars.

Les films d'horreur aussi m'ont toujours plu. Pour le premier, j'avais onze ans ; c'est mon père qui m'avait emmenée le voir au cinéma. Sur l'affiche, un mignon petit garçon qui devait avoir mon âge. Sauf qu'il se retrouvait au milieu d'un cimetière, entouré de croix. Ça se gâtait… Et puis il y avait ce titre, *La Malédiction.* J'aurais dû me douter d'un truc pas clair.

Je n'étais pas très rassurée. Mais mon père devait savoir ce qu'il faisait en m'emmenant. En voyant le film, j'ai vite compris que non. L'histoire était simple. L'Antéchrist, le Mal absolu, s'incarnait sur Terre sous les traits d'un petit garçon.

Avec le recul, je peux vous dire qu'*Annabelle*, à côté, c'est *Winnie l'Ourson*. Mon père, qui était fatigué, s'est endormi. Il ne s'est donc pas aperçu que j'étais terrifiée. En sortant du cinéma, j'ai vu que sur l'affiche était mentionné, en petites lettres, « Interdit aux moins de treize ans ». J'ai fait des cauchemars pendant près de six mois. Puis c'est passé.

Un peu plus grande, j'ai commencé à aimer les films d'horreur. Et c'est devenu une vraie passion. D'accord, je les regarde en fermant un peu les yeux. Mais j'assume ! Mon fils Norman est comme moi, il est fan. Tous les deux, nous regardons des tas de films gore ultra débiles.

Chaque fois, j'ai beau savoir que c'est fait exprès, je me dis que les héros ne connaissent pas les codes des films d'horreur : ces abrutis se séparent ! Non ! Jamais ! Et celui qui dit : « Je vais voir ce qui se passe dehors » en mode héros ; tu peux être sûr que jamais le gars ne réapparaîtra ! C'est mathématique ! Quoi qu'il en soit, moi, je peux vous dire qu'en cas d'attaque zombie, d'apparition maléfique ou d'invasion diabolique, avec mon fils on est ultra prêts ! Y a pas de cas où on peut se faire coincer ! On est au top de l'astuce anti-malfaisants…

– 6 –

L'appel du patin

Évidemment, si tu lis ce chapitre et que tu as moins de cinquante ans, tu vas me trouver très, très, très vieille. En revanche, je jure solennellement sur la tête de ta mère que tout ce que je vais raconter est exact.

Quand j'ai eu treize ans, je me suis mise à regarder d'un peu plus près les garçons. Je commençais à me demander si en plus de grimper aux arbres et de faire des compètes de skate, ça ne serait pas un peu sympa de leur rouler des pelles.

Je voyais bien que mes copines gloussaient en racontant leurs exploits, je sentais bien que je n'étais pas trop moche et que certains commençaient à me regarder autrement que comme leur pote de rigolade.

Le truc quand on est un garçon manqué, c'est qu'on manque un peu de crédibilité en matière de romantisme. Du coup, je me suis lancée avec les garçons comme sur une rampe de skate : vite et un peu la trouille au ventre.

Assez rapidement, j'ai pigé le truc. Le petit regard appuyé, le sourire qui va bien, je suis devenue championne de drague. J'étais moins farouche que les autres filles, ça m'énervait un peu tout le cirque de la séduction.

Moi, j'allais à l'essentiel : le patin.

Du coup, j'avoue, j'ai énormément embrassé. Je leur simplifiais tellement la vie, aux garçons, qu'ils ne comprenaient pas quand ils tombaient sur une vraie fille, qui tournait mille ans autour du pot.

À l'époque, pour draguer, le must, c'était la patinoire. J'y consacrais tous mes dimanches. Quand arrivait le moment où la sono criarde passait les Bee Gees, c'était LE moment où on roulait des patins sur les patins. Oui, je sais, ça ne fait rire que moi.

J'étais un vrai « cœur d'artichaut », disait ma mère. Je n'ai jamais compris le rapport avec ce pauvre légume ; moi, je me voyais plus comme une exploratrice du baiser.

Avec les copains, on se donnait aussi rendez-vous pour aller se balader ou boire un verre. Les téléphones portables n'existaient pas.

Et là tu te dis : « Kwaaaaaaaa ? T'es ado et t'as pas de portable ? Nan mais allô quoi ! »

Justement, on ne peut pas se dire « allô » en un clic, c'est beaucoup plus compliqué. Quand on fixe une heure, on s'y tient. Il n'y a pas moyen d'arriver en retard, pas de SMS du genre : « T'es où ? Moi je suis devant. » Le truc tellement inutile qu'on écrit tous aujourd'hui. Là, non, 15 heures, c'est 15 heures, point barre !

On passait nos coups de fil de chez nos parents, mais à l'adolescence, on préfère garder les conversations secrètes. Difficile, quand on vivait comme moi dans un trois pièces, que le téléphone était dans l'entrée et que le combiné était relié à sa base par un cordon en spirale ! Il n'y avait qu'une solution : faire comme Sophie Marceau dans *La Boum* : attraper le téléphone, tirer un maximum sur le fil et se cacher dans un placard.

Moi, c'était le micro-placard à chaussures de l'entrée ; je me calais entre les boîtes André ou Bata et, sous les manteaux, je chuchotais en pouffant, planquée et pliée en trois. Dans le noir, ça papotait sec. Problème : j'avais tendance à monopoliser la ligne. Comme le montant des factures était lié à la durée des appels, l'addition était plutôt salée. Il n'y avait pas non plus de forfaits illimités à l'époque.

Ma mère a donc fini par poser un cadenas sur le cadran, de telle sorte qu'on ne puisse plus le tourner pour composer les numéros. Mais j'avais trouvé une combine imparable : je dévissais le cadran et je me servais d'un stylo Bic pour composer le numéro. Sauf que je me suis fait gauler, et ça m'a passé l'envie de recommencer.

Il y avait aussi les vraies cabines de téléphone qui fonctionnaient encore avec des pièces. Ou qui ne fonctionnaient pas d'ailleurs… L'enfer quand tu avais LE coup de fil urgent, celui dont ta vie dépendait, genre dire à Nathalie que Marc m'avait regardée au moins trois minutes dans le bus, un truc vital, quoi… Et c'était toujours là que la cabine était occupée par quelqu'un qui racontait sa vie. Le nombre de fois où j'ai interrompu une conversation en prétextant une urgence médicale ! Ma grand-mère a dû avoir au moins mille accidents et ma mère, pas mieux. C'est vrai que parfois ça ne marchait pas, j'étais donc bonne pour marcher et trouver une autre cabine.

Tout ça semble préhistorique mais c'était bien hier. Et puisqu'il n'existait rien d'autre, on ne se posait aucune question.

Quand je raconte ça à ma fille, elle me dit que j'ai eu de la chance… Je ricane et je l'imagine faire la queue à la cabine…

– 7 –

La timiditude

Après tout ce que je viens de te raconter, tu dois avoir de moi l'image d'une fille solide, sûre d'elle, qui trace sa route sans états d'âme.

T'as tout faux. En vrai de vrai, je suis timide. Je l'ai toujours été. Évidemment, avec mon côté grande gueule déconneuse, ma voix qui porte et mon vocabulaire fleuri, ça ne saute pas aux yeux. Et pourtant…

Enfant, j'étais d'une timidité maladive. Je l'ai combattue très tôt. Je piquais sans arrêt des fards, le rouge me montait aux joues en un quart de seconde, je bégayais, je bredouillais, c'était infernal. Depuis, j'ai fait de gros progrès. Les hasards de la vie et les rencontres m'ont beaucoup aidée. Mais la timidité, on ne la terrasse jamais complètement. Je dois continuer à prendre sur moi.

Quand j'ai démarré ma carrière de journaliste, à chaque début d'interview j'avais la boule au ventre. C'était pire si j'admirais la personne, je devais me faire violence pour poser les questions. J'ai donc toujours compensé en parlant fort et en bougeant beaucoup ; une astuce de mon prof de français en seconde qui m'avait dit : « Si tu parles fort, ça prend de la place et ça oblige à continuer. Personne ne pense une seconde que quelqu'un qui a une voix pareille tremble au fond de lui. »

J'ai bien retenu la leçon. Mais si je parle fort en public ou quand je ne maîtrise pas l'espace, je suis très calme en petit comité. Seuls ceux qui me connaissent savent déceler que je suis mal à l'aise : je hausse la voix…

C'est cette lutte permanente qui m'a apporté l'énergie et la force de caractère qui ont fait ce que je suis.

Jusqu'à la fin de mon adolescence, je n'osais pas entrer seule dans un magasin. Quand je craquais pour un 45 tours, je demandais à une copine de m'accompagner. C'était elle qui réclamait le disque au vendeur.

Aujourd'hui, je fais mes courses moi-même, mais une part de cette timidité reste ancrée en moi. Il m'arrive encore de tricher pour paraître naturelle.

L'origine de ma timidité, c'est mon hypersensibilité. Un trait de caractère qui peut passer pour un handicap mais que je préfère voir comme un atout. On capte tout, on sent les gens dès la première seconde. Je suis une éponge à émotions. Je flaire les ambiances comme un épagneul à l'ouverture de la chasse, et je me trompe rarement. Je pleure facilement, j'aime vite et fort, du coup quand je déteste, c'est violemment et pour longtemps.

Tout est démesuré. Quand je suis en colère, mes joues deviennent violettes et mon cœur bat la chamade. Et quand je suis heureuse, c'est pire. Je suis timide mais passionnée, gueularde et mutique à la fois. Bref, je suis un paradoxe ambulant.

Et cette grande sensibilité, avec ses forces et ses faiblesses, on l'a pour toute la vie. Alors même si on s'endurcit, si on mûrit, on garde toujours au fond de soi un peu de timidité. Ce qui fait que je peux être très impressionnée devant certaines personnes ou certaines situations. Bien sûr, je fais tout pour le dissimuler. Je joue la comédie, et je suis plutôt douée pour ça.

Je trompe mon monde avec ma carapace. La femme qui se cache dessous n'est pas aussi confiante qu'on pourrait le croire. Une estime de soi bien ancrée, elle aimerait bien savoir à quoi ça ressemble. Elle y travaille mais ce n'est pas encore gagné. Une chose est sûre : elle a besoin qu'on l'aime.

Ce qui me pèse le plus, c'est d'être en représentation. Les avant-premières, les « tapis rouges », toutes ces cérémonies me paralysent. Je déteste poser pour les photographes, je trouve que j'ai toujours une tête de conne.

À la télé, j'ai tout le temps travaillé en équipe. Que ce soit en tant que directrice de casting, journaliste, animatrice ou comédienne, il y avait beaucoup de gens autour de moi. Sur le terrain, sur les plateaux, dans les coulisses. Car plus il y a de monde, plus je me sens protégée. Au milieu des autres, je me sens comme derrière un bouclier. Invincible.

Jamais je n'aurais pu animer un plateau seule, comme le font de nombreuses animatrices. Dans mes talk-shows (« Y'a que les imbéciles qui ne changent pas d'avis », « Le Labo de Damidot »), il y avait foule sur le plateau. Des gens que je connaissais. Tous des copains. Et puis, on était là pour se marrer ! A priori, aucune angoisse à l'horizon… Pourtant, à chaque enregistrement, il y avait un moment délicat. Je devais présenter le sommaire de l'émission toute seule. J'étais intimidée, j'avais du mal à surmonter mon trac. Une vraie tomate parlante et tremblotante.

Quand je dois parler seule en public, j'ai aussi l'impression d'être bourrée de tics. D'ailleurs, ce n'est pas qu'une impression… Je me tords les mains, je les frotte l'une contre l'autre, je les passe nerveusement dans mes cheveux. Sur les plateaux, je suis le cauchemar des coiffeurs : je ruine tous mes brushings !

Dans la vie courante, il y a également un contexte dans lequel je ne peux pas rester seule : quand je me déplace. Et là, tu te dis : « OK, la fille se prend pour Mariah Carey » ? Ce n'est pas faux, mais ce n'est pas ça !

Si j'ai besoin d'être entourée durant mes déplacements, c'est pour une raison sérieuse. Une raison qui dépasse ma timidité et l'ego de Mariah. Je risque la crise d'angoisse. Vertiges, sensation d'étouffer, évanouissement, tout l'arsenal se déclenche. Je fais donc tout pour éviter ce genre de situation. Je prends le train si je n'ai pas de copilote, un taxi si je me retrouve seule pour un trajet dans Paris.

Je comprends que ça te surprenne. Là encore, ça ne correspond pas à l'image que tu as de moi… Le plus bizarre, c'est d'être handicapée par des petits riens, et de réussir des choses dont peu de gens seraient capables. Diriger une équipe pour rénover une maison du sol au plafond en seulement huit jours et presque sans dormir, j'y arrivais… mais circuler toute seule pour me rendre sur les chantiers, impossible ! La seule exception, c'est quand je me promène à vélo pendant mes vacances d'été à l'île de Ré. La raison ? Je connais l'endroit comme ma poche et je m'y sens chez moi. Et une île, c'est un territoire limité. Ce côté-là doit aussi me rassurer.

J'ai toujours souffert de ces crises d'angoisse. Plusieurs épisodes m'ont marquée mais je n'ai jamais su leur cause. À l'âge de vingt-cinq ans, en allant seule au marché de mon quartier, à Paris, j'ai été prise d'une forte crise d'asthme et je suis tombée dans les pommes. Au sens figuré mais aussi au sens propre, car j'ai repris mes esprits dans les bras d'un marchand de fruits et légumes. Le lendemain, en sortant de chez moi, j'ai fait une nouvelle crise. Toujours sans explication. Le médecin m'a soulagée avec de la Ventoline, mais je voulais comprendre ce qui m'arrivait. Pour ça, j'ai consulté les Pages jaunes et j'ai cherché le psychologue domicilié le plus près de chez moi. La gagnante s'appelait Marie-Claude.

Aller chez elle me prenait une minute trente à pied, quarante secondes en courant. Quarante putains de secondes pendant lesquelles je me concentrais sur mes pieds qui couraient sur le bitume. Je me dégoûtais d'être aussi trouillarde, je me mettais en rage contre mon cœur qui s'accélérait, j'insultais mes poumons qui se rétrécissaient, je pinçais mes joues pour m'empêcher d'avoir le tournis. Je maudissais le gars qui nous a fabriqués comme ça, je lui disais : « Ça ne te suffit pas de nous avoir collé les rages de dents, faut aussi nous donner des crises de panique ? Sadique, va ! » Autant dire que personne ne répondait et que j'ai battu des records de course à pied de rue. Carl Lewis, je le pliais au critérium, mais à l'aise !

Les séances chez Marie-Claude m'ont permis de faire remonter des souvenirs d'enfance à la surface mais ce fut vite très difficile. Et même traumatisant. Au premier rendez-vous, je lui ai raconté le biberon qui m'étouffe et le sous-pull qui gratte, elle a hoché la tête d'un air entendu et dit : « C'est un début de piste. »

Je me suis sentie comme un Sioux sur les traces d'un poney, mais ça n'a rien changé.

J'ai préféré arrêter là. Nous avons tenté l'hypnothérapie, mais ça n'a pas été très concluant. L'hypnose ne marche pas avec moi. Je crois que je me bloque moi-même, j'ai peur de lâcher prise. Même Messmer n'a jamais réussi à m'hypnotiser ! Avec Marie-Claude, j'ai juste eu un flash, très court : petite, j'étais perdue dans un grand magasin et je cherchais la main de ma mère. Mais cette réminiscence n'a pas suffi à me guérir.

Je suis allée interroger ma mère pour creuser un peu plus. Elle se souvenait vaguement de cet épisode. Quand je lui ai demandé de fouiller dans sa mémoire, elle s'est énervée : « Mais enfin, Valérie, ça suffit ! C'est quoi ces conneries de crises d'angoisse ? Il faut prendre sur toi, ma petite fille. » Je hais cette expression. Prendre quoi sur moi, hein ? Les crises d'angoisse ? Bah ouais, elles sont déjà sur moi ! C'est fou comme les gens qui n'ont jamais ressenti ça te prennent pour une folle.

Mon père, lui, m'a avoué avoir déjà eu des petites crises comme ça, mais bon avec la guerre, le travail et tout ça, c'est vite passé… Je me demandais alors si une guerre changerait ça. Évidemment, tu penses, je deviendrais une grande résistante et du coup « paf », magie, fini les crises d'angoisse. Bon, il fallait attendre un conflit, alors…

J'avais des faits, mais ils n'apportaient pas d'explication. Encore moins de guérison. Un jour, un médecin m'a prescrit un anxiolytique léger. Le médicament ne m'a pas convenu, il provoquait chez moi l'effet inverse de celui escompté, à savoir des crises d'angoisse multipliées par mille. De toute façon, ça n'aurait pas réglé le problème. Et je déteste les médicaments ; même malade comme un chien, je ne me soigne qu'au Doliprane (et aux Rigollot). Je déteste aussi les médecins.

J'ai consulté une autre psy, mais rebelote. Dès qu'elle cherchait un peu dans ma petite enfance, cela devenait trop douloureux. Je fuyais. Comme Marie-Claude, elle m'a assuré qu'un événement précis, très ancien, était enfoui au plus profond de ma mémoire. Je l'occultais pour me protéger. Et tant que je ne pourrais pas l'identifier, les crises d'angoisse perdureraient.

Je n'ai toujours pas déterminé l'événement en question. Alors je me débrouille. Il y a plus grave. À force, je pense que c'est la peur de la peur qui a pris le dessus, mais bon, dans le doute, je n'ai pas insisté…

– 8 –

Napoléon et le palace

Comme tout le monde, ma vie s'est construite par étapes au gré des rencontres. Parmi les gens que j'ai croisés, quelques-uns m'ont aidée à affronter ma timidité. Ils m'ont aussi façonnée, structurée. J'ai eu la chance de les côtoyer au quotidien pendant trois ans, durant l'adolescence.

Tout a commencé quand j'ai eu treize-quatorze ans. Au collège, j'ai commencé à souffrir. J'étais toujours bonne élève, mais je m'emmerdais tellement que je cherchais à me distraire. Et à distraire les autres ! Je suis devenue très dissipée. Les profs me faisaient des remarques. J'en faisais trop. Je devenais insolente. Les heures de colle ont commencé à pleuvoir. Chaque année, à la fin de l'été, j'appréhendais la rentrée. Fini la liberté. Le retour au collège, pour moi, signifiait le retour en prison, comme si l'été n'avait été qu'une longue permission.

À la fin de la classe de troisième, je n'en pouvais plus. Je ne supportais plus rien. Les profs inflexibles, l'ambiance étriquée des classes de filles, le manque de perspectives. Je n'avais plus envie d'étudier. En tout cas, pas comme ça. Entre le bourrage de crâne, la discipline et les comptes à rendre aux profs, le collège n'avait pour moi aucun sens. Mais que faire, à part se dire qu'au lycée ce serait la même chose ? Ou pire ?

C'est au moment où mon moral était au plus bas que la chance m'a souri. Ma cousine Nathalie – oui, j'étais cernée par les Nathalie, merci Gilbert Bécaud grâce à qui 60 % des gamines portaient ce prénom ! – avait une amie scolarisée depuis peu dans un lycée privé. Ce lycée accueillait des adolescents rebelles, en rupture avec l'enseignement traditionnel.

Nathalie me racontait que son amie y était très heureuse ; pour elle, cela avait été une renaissance. Renseignements pris, j'ai annoncé à mes parents que j'aimerais m'inscrire dans ce lycée, le Cours des Petits-Champs. Convaincus qu'il s'agissait de ma dernière chance, ils ont accepté. Ma mère ne comprenait pas que je puisse détester l'école à ce point, que je réponde aux profs, que je ne sois pas d'accord avec leurs décisions débiles et leurs démonstrations d'autorité pathétiques.

À l'inverse, mon père trouvait ça normal, plutôt sain, même. Je sais qu'il aurait détesté avoir une fille première de la classe et soumise à l'ordre établi. Je sais que, sans lui, je ne serais jamais allée dans ce lycée, que ma vie aurait pris une tout autre direction et que je ne serais sûrement pas celle que je suis devenue.

J'ai donc fait ma rentrée en classe de seconde aux Petits-Champs. Le lycée était situé aux Tuileries. Par la suite, nous avons déménagé à Nation. Dès le premier jour, j'ai compris que j'avais fait le bon choix. Le directeur, Marc Biraud, s'inspirait d'une pédagogie anglaise expérimentale, basée sur la liberté. Une méthode pratiquée à Summerhill School. Portée aux nues par certains, très contestée par d'autres, cette école anglaise faisait couler beaucoup d'encre.

Le Cours des Petits-Champs était un lieu d'ouverture. Côté enseignement, le programme officiel était respecté, mais on offrait bien plus aux élèves. On les écoutait, on les aidait à se réaliser et à s'affirmer. On fumait en cours, les élèves tutoyaient les profs, on discutait d'égal à égal avec eux. Bref, c'était exactement ce que j'attendais.

Je pense que c'est de là que me vient ma manie de tutoyer tout le monde. Je ne vouvoie que rarement, souvent parce que je n'ai que peu d'estime pour la personne qui me fait face ; mes interlocuteurs ne s'en offusquent pas, je pense même que ça les amuse.

Les enseignants des Petits-Champs n'avaient pas grand-chose à voir avec ceux que j'avais pu connaître jusque-là. Ils exerçaient tous une activité professionnelle hors du lycée. Mon prof de français, Gilles Taurand, était scénariste pour le cinéma et la télévision – c'est lui qui m'a appris à parler fort ! Le prof d'anglais, Éric Sarner, était journaliste, écrivain et poète. Il écrivait des articles pour *Libération*, *Le Monde*, *L'Express*... Il avait aussi la plus belle moustache de Paris et un humour décapant.

Tous nos profs étaient des passionnés. Ils ne se contentaient pas de nous instruire, ils nous éduquaient. Ils éveillaient notre jugement et notre sens critique. Les cours étaient tellement cooooooooool !

Je ne voyais pas le temps passer. J'étais si motivée que j'allais presque au lycée en courant ! Pour la première fois de ma courte vie, je me suis dit que l'école servait à quelque chose d'autre qu'à faire chier les ados.

Les cours d'histoire étaient hallucinants. Henry Descombin, notre prof, racontait les campagnes napoléoniennes comme s'il y était. Avec sa voix de stentor, il décrivait la campagne de Russie. Il déclamait, il sentait la défaite arriver ! C'était Pierre Bellemare jouant les généraux de l'Empire. Nous, nous étions les soldats de la Grande Armée, éreintés par la marche dans la neige. Fascinant. On sortait des cours épuisés comme si on avait lutté pour nos vies. Aujourd'hui encore, je reste persuadée qu'Henry est un Highlander, qu'il a vécu toutes les histoires qu'il nous a racontées. Il n'y a pas d'autre explication possible.

Dans le cadre des « dix pour cent », qui m'avaient permis de jouer Molière en CM2, Gilles Taurand nous a enseigné le cinéma. Toutes les filles étaient amoureuses de lui ; faut dire qu'il avait une certaine classe et le regard qui frisait. Il nous faisait faire des courts-métrages. Écriture, tournage, montage, nous faisions tout de A à Z. Je me souviens de *L'Heure du loup*, dont j'avais fabriqué le générique avec des lettres de Scrabble.

Ruth Brami, la prof de philo, était la fille naturelle de Janis Joplin et Courtney Love. Elle avait plus de cheveux sur la tête que de kilos dans les fesses, des grands yeux clairs et une voix de fumeuse de Gitane, suave et rocailleuse. Elle était maigrelette et toujours perchée sur des talons. On aurait dit qu'elle était en permanence sur le point de perdre l'équilibre, mais non, elle restait campée sur ses compensées.

Avec elle, même Platon et sa caverne devenaient rock. À chaque cours, quand elle nous expliquait tous les grands philosophes, c'était sur un bon gros riff de guitare, comme si Hendrix faisait la BO. Je pense que si elle n'avait pas été prof elle aurait été une rock star incroyable.

À cette période, j'étais assez fêtarde. Je sortais tous les soirs. Je dansais avec mes potes jusqu'au petit matin, rien ne m'arrêtait. Je dormais deux heures et je filais en cours, la tête en vrac. À l'époque, « on sortait en boîte » au Palace, aux Bains Douches, au Rose Bonbon, au Bus Palladium… C'était la teuf, la vraie.

D'abord parce qu'à l'époque « rentrer » en boîte était bien moins compliqué qu'aujourd'hui. Les gens se mélangeaient beaucoup plus. Au Palace, j'ai croisé des rock stars, des mannequins, des comédiens. Je me souviens d'un soir où Prince y a donné un concert ; moi la gamine de banlieue, je me retrouvais à trois mètres d'une star, j'avais l'impression de rêver. Souvent, je voyais Gainsbourg ; j'avais beau l'adorer, je n'ai jamais osé lui demander d'autographe, j'étais trop timide, sans compter que cela aurait été malvenu : tout le monde là-bas était censé faire partie du sérail et donc ne jamais s'étonner de croiser des célébrités. Aujourd'hui je me demande comment il aurait géré les selfies, Gainsbourg ! Plusieurs fois j'ai croisé Mick Jagger, dont une où il m'a même décoché un sourire. Ce jour-là, j'ai cru mourir. Ma pote Katia m'avait dit : « Il te sourit poliment ; si t'es là, c'est que t'es importante. » Moi, j'avais surtout l'impression d'être une imposture, mais peu m'importait, je kiffais, je dansais au milieu de tous ces gens en me disant que la nuit, c'était vraiment mieux que le jour.

Avec le recul, j'ai le sentiment que tout le monde avait envie de se marrer et que tout ce cirque des « carrés VIP » n'est arrivé que bien plus tard.

Je ne suis jamais tombée dans la came. Pourtant c'était facile, ça tournait, beaucoup, vite et facilement. Mais moi, ça me faisait bien flipper les buvards, la coke et les cachetons. Je voyais mes potes en prendre, je les voyais triper et perdre le contrôle. Moi, je voulais rester un peu plus en gestion de la situation. Alors je buvais. Je buvais des shots, des mojitos, des whisky-Coca et des Malibu ananas en bonne quantité. Mais même si j'étais ivre, je savais ce que je faisais. Bon, j'avoue, deux, trois fois, je me suis réveillée sans trop de souvenirs, hein... Mais rien de grave, des petites caisses, des mini-cuites, quoi...

Une seule fois, j'ai ouvert les yeux dans une chambre que je ne connaissais pas du tout. J'avais l'orchestre philharmonique de Moscou qui jouait *Carmina Burana* dans ma tête et une barre en acier au milieu du front. La chambre était grande, sympa. J'étais seule et à poil dans un lit double. J'ai commencé à chercher mes fringues et à m'habiller quand un mec est arrivé avec un plateau de petit déj. Il a rigolé en voyant ma tête. Plus aucun souvenir de rien.

A priori, on avait dû bien se marrer, lui et moi ; enfin, c'est ce qu'il m'a raconté. Il s'appelait Guillaume, il était étudiant. J'ai pris mon petit déj, et, en partant, j'ai dû traverser le salon où ses parents et sa petite sœur mataient la télé.

« Bonjour, monsieur, dames... »

Je me suis sauvée et juré de ne jamais plus perdre le contrôle à ce point.

J'ai tenu parole.

Au bout de ces trois années de lycée est arrivé le bac, passage obligé. J'étais plutôt sereine. Un peu trop, visiblement. Un matin, panne de réveil. Catastrophe. Quand on manque une épreuve, c'est terminé. Affolée, j'ai raconté à un médecin que j'avais été malade. J'ai obtenu un certificat médical, ce qui m'autorisait à passer l'oral de rattrapage. En histoire, l'examinateur m'a interrogée sur le régime de Vichy. Et là… Comment dire ? J'ai dérapé. Influencée sans doute par les convictions de mes profs sur le sujet, j'ai déclaré que tous les Français ou presque avaient été des collabos. J'ai été recalée. Ma mère a refusé que je redouble aux Petits-Champs. Fini de rire. Elle m'a inscrite dans une boîte à bac, le Cours Clapeyron. Un vrai choc. Je suis tombée sur des professeurs stricts et traditionnels. Normaux, en fait. J'avais oublié ce que c'était, l'Éducation nationale…

Pour moi, c'était le bagne. Comme je n'avais pas envie de traîner, j'ai bossé à fond. Et cette fois, j'ai obtenu le bac sans problème. De ces années d'école, j'ai quand même gardé plein de bons souvenirs. Il ne faut pas abuser non plus mais, une chose est sûre, une fois maman, j'ai toujours été du côté de mes enfants. Et ça, ce fut une certitude dès ma sortie de l'école. J'ai là aussi tenu parole. Quand Roxane ou Norman me racontaient que tel ou tel prof était un peu dur ou pas très compréhensif, jamais je n'ai pensé qu'ils mentaient. J'allais vérifier par moi-même et il s'avère qu'ils avaient souvent raison.

Je pars du principe qu'il faut toujours croire les enfants.

– 9 –

Secrets de charogne

Ne pas savoir exactement comment avait grandi ma mère, qui était sa famille, ce qu'elle avait bien pu vivre pour être aussi blessée, tout ça me perturbait beaucoup.

J'avais beau tenter de percer le mystère, rien ne filtrait. J'échafaudais des théories : ma mère était la descendante d'une famille royale russe abandonnée dans des steppes enneigées que des fermiers normands avaient fini par adopter ; ma mère s'était enfuie de chez elle parce que sa famille était recherchée par les nazis ; ma mère avait été enlevée par des soldats, bref, ma mère était une héroïne de roman de gare.

J'avais à peine dix-sept ans quand j'ai découvert la vérité. En triant des affaires dans la cave de mes parents, je suis tombée sur une petite boîte en carton, cachée derrière une pile de vieux papiers. Elle était recouverte de poussière. Autour de la boîte, une ficelle. J'ai défait le nœud, j'ai soulevé le couvercle. À l'intérieur, j'ai trouvé un courrier. Sur l'enveloppe, le nom et l'adresse de ma mère. Son nom de femme mariée. Mon père n'était pas mentionné. J'ai hésité. Non, ça ne se faisait pas... Mais si, ça allait se faire. Je n'ai pas résisté. J'ai ouvert l'enveloppe. J'ai déplié la lettre et je l'ai lue. Une première fois. Une deuxième fois. Une troisième fois. Je me suis mise à trembler. Mes jambes étaient comme du coton. Je me suis laissée tomber dans un vieux fauteuil défoncé et je me suis effondrée.

La lettre était signée du prénom de ma tante, la sœur de ma mère que je croyais disparue. Elle était aussi signée d'un autre prénom féminin. L'écriture était plutôt maladroite, mais ce n'était pas celle d'une enfant. C'était bourré de fautes, ça transpirait l'éducation crasse et la rancœur, c'était moche et ça me dégoûtait un peu.

Cette lettre, c'est une femme qui l'avait écrite. Et elle n'était pas datée des années 1940. Elle avait été postée quelques années plus tôt. Après lecture, j'ai compris que l'autre signataire était aussi une tante. Je me retrouvais donc avec deux tantes. Et elles étaient bien vivantes. Mes tantes réclamaient à ma mère une somme d'argent. Une participation pour régler les frais d'un enterrement. Celui de leur père. Mon grand-père. Toutes ces années, il était donc vivant, lui aussi.

Vu ce que ces deux mégères écrivaient, le vieux était mort semi-clochard et alcoolique. J'ai également appris que ma mère avait un frère, le petit dernier, et que lui non plus n'avait pas d'argent pour payer les funérailles.

Je me suis donc découvert une famille très laide. J'avais l'impression que ma mère ne s'était pas échappée d'un royaume mais d'un cloaque pire que ceux de Dickens. J'ai compris sa honte, son silence. Beaucoup de ses réactions prenaient un éclairage différent : ce besoin de toujours m'habiller comme si nous étions riches, cette obsession des bonnes manières et de l'éducation, cette façon de toujours me pousser à apprendre plus, à vouloir que je sois médecin ou avocate, cette envie d'effacer ses origines, son enfance de misère… Je me suis mise à pleurer, silencieusement, longtemps. J'avais envie de courir et de prendre ma mère dans mes bras, de lui crier qu'on s'en foutait de ces minables, qu'elle n'avait pas à avoir honte, qu'elle valait mieux que ça, que je l'aimais, que je regrettais nos engueulades, mais je suis restée paralysée…

J'étais trop bouleversée pour lui parler. Je voulais la protéger. J'ai compris que si elle m'avait menti depuis ma naissance, c'est qu'elle avait de bonnes raisons de le faire. Remuer tout ça revenait à coup sûr à lui faire beaucoup de mal. Mais j'avais besoin de soulager mon cœur. Et je voulais connaître les raisons de cet énorme mensonge. J'ai donc décidé d'avoir une conversation avec mon père. Mais je devais y aller doucement. Que savait-il, lui, de ce secret ? Il connaissait la version du bombardement, il m'avait toujours prétendu ne rien savoir de plus.

Après pas mal d'hésitations, je me suis lancée. J'ai confié à mon père que j'avais trouvé une drôle de lettre dans la cave. Je lui ai tendu l'enveloppe. D'un regard, il m'a fait comprendre que cette lettre, il l'avait lue avant moi. Et il m'a raconté toute l'histoire.

Ma mère n'avait jamais été orpheline. Personne n'était mort dans les bombardements. Ses parents étaient des gens misérables. Ils n'étaient pas seulement très pauvres, ils étaient alcooliques, brutaux, stupides, méchants. De vrais Thénardier. Les enfants n'avaient pas grand-chose à manger. Le peu d'argent qui rentrait au foyer partait en beuveries. Ma mère était l'avant-dernière. Elle était aussi jolie qu'intelligente. Une assistante sociale avait remarqué sa grâce et sa vivacité. Elle avait décidé de la retirer de sa famille pour la sauver du désastre. Elle l'avait fait placer dans un pensionnat de religieuses à Saint-Germain-en-Laye. Un établissement très réputé. Ma mère y avait été instruite, éduquée. On l'avait même envoyée comme jeune fille au pair en Angleterre. Elle n'avait plus jamais eu de relations avec sa famille.

Quand elle avait rencontré mon père, elle lui avait raconté son histoire, en lui faisant promettre de ne jamais rien en révéler à leurs futurs enfants. Ni à personne d'autre. Pourquoi ? Parce qu'elle avait honte. Une honte terrible, qui l'a rongée jusqu'à la fin de sa vie.

Mon père a rencontré une fois sa belle-famille. C'était après la réception de la lettre. Il est allé voir ce joli petit monde pour verser la somme demandée pour l'enterrement. C'est l'alcool qui avait tué mon grand-père. Il avait bu comme un vieux sac jusqu'à en crever. Mon père est revenu furieux de cette visite, il a longuement hésité à « leur péter la gueule à tous », m'a-t-il dit. Je me souviens encore de ses mots : « Tous des minables. De sales petits minables… »

Je comprenais mieux pourquoi ma mère détestait l'ivresse, pourquoi elle ne buvait que très peu. Je comprenais tellement de choses, tout me sautait à la gueule, j'avais l'impression d'avoir pris une droite de Mohamed Ali.

Toutes ces révélations d'un coup, c'était trop. Trop violent, trop triste. Je descendais donc d'une bande de nuls, une famille bien crade. Ma mère était la sœur d'Oliver Twist… À part le vieux, ils étaient tous en vie. Mon père m'a expliqué que ce n'était pas la première fois qu'ils réclamaient du fric pour se sortir de la mouise. Déjà pour la mort de ma « grand-mère », ils avaient quémandé, comme si mes parents étaient riches, comme s'ils en voulaient à ma mère de s'être tirée de cette fange en travaillant, comme si le peu qu'elle avait leur était dû…

J'imaginais ma mère, enfant, prise au piège, maltraitée, seule, encaissant les coups et crevant de faim ; j'ai eu envie de tuer à nouveau ce vieil alcoolo, de mes mains.

C'est à ce moment-là que j'ai vraiment décidé que j'allais réussir, jamais je ne leur ressemblerais. Jamais. J'allais bosser à en crever, gagner du fric, mettre des kilomètres entre ces gens et moi, faire mentir l'atavisme familial, prouver à ces minables qu'on pouvait s'en sortir, qu'on pouvait avoir une belle vie, pourrir ma mère de cadeaux, lui donner ce qu'elle n'avait jamais eu et, surtout, faire en sorte que jamais mes enfants ne manquent de quelque chose, quitte à me tuer à la tâche.

Plus tard, à la naissance de ma fille Roxane, mon père a parlé de ma découverte et de notre conversation à ma mère. J'ai attendu une réaction de sa part. Elle n'est jamais venue.

Après ce choc, j'étais très perturbée quand on me posait des questions sur ma famille maternelle. Avant, je donnais la version officielle, celle que je croyais vraie. Par la suite, c'est devenu compliqué. Continuer à dire que tout le monde était mort, c'était hors de question. Mais révéler la vérité… impossible. Alors je me suis inventé une famille. Cette famille imaginaire était très présentable et même assez admirable. Idéale, en quelque sorte. Au fond de moi, je n'étais pas très fière, car je ne faisais que répéter ce que ma mère avait fait toute sa vie : mentir. Mais c'était la seule solution que j'avais trouvée pour m'en sortir.

J'ai fini par digérer tout cela, j'ai pris du recul. Si ma mère s'était tue, ce n'était pas seulement parce qu'elle avait honte, mais aussi pour me protéger. Quel poids pour elle, quelle douleur… J'ai compris tant de choses. J'ai compris d'où venaient ses angoisses et ses maux d'estomac. Ce qu'elle craignait par-dessus tout, c'était le jugement des autres. J'ai compris aussi pourquoi, avec le temps, je l'avais sentie s'éloigner de moi. Me voir grandir lui rappelait les périodes difficiles de sa propre vie. Mon côté rebelle ne devait rien arranger. J'ai compris, enfin, pourquoi elle collectionnait tout. Ces accumulations dans tous les sens, c'était une façon de compenser ses manques et de se rassurer.

Je ne sais toujours rien de mes racines maternelles. Mes grands-parents étaient des gens pitoyables mais leurs ancêtres, qui étaient-ils ? Que faisaient-ils ? J'ai peut-être quelque part des cousins de mon âge. Des cousines dont certaines me ressemblent. Et puis peut-être pas. Cette part d'inconnu continue de me peser. Je ne me sens pas tout à fait entière. C'est en partie de là, sans doute, que vient ma peur de la solitude, mon besoin permanent de tout savoir, cette volonté d'être aimée, acceptée, cette façon que j'ai de vouloir m'adapter à tous les milieux, cette obsession d'aider les plus démunis, cette rage qui me prend quand je vois un enfant malheureux. On échappe parfois à ses origines, mais elles sont toujours en nous, elles font partie de notre ADN. Savoir que je descends d'un sac à vin m'a aussi guérie de l'ivresse, comme ma mère. Aujourd'hui je bois peu, j'ai toujours l'impression que le vieux me regarde tapi dans l'ombre et qu'il attend la cuite. Tu peux crever mille fois, je ne te ferai jamais ce plaisir, vieille charogne.

– 10 –

Les poneys d'Ibiza n'aiment pas les cols blancs

À la fin de l'adolescence, je passais mes vacances d'été au soleil avec mes copines. C'étaient des semi-vacances. Petits boulots dans la journée, sorties le soir. Nous choisissions des lieux sympas, où on pouvait travailler tout en profitant de la vie en plein air. J'étais serveuse, employée de centre équestre… Pas question de moisir dans un bureau derrière des stores. Ni de subir un chefaillon en costume-cravate. J'en ai fait l'expérience une fois, je me suis juré que ce serait la dernière. Ma mère m'avait trouvé un job de deux mois dans une banque, à Paris. Je devais trier des chèques et classer des bordereaux. J'ai tenu quinze jours.

Je me souviens encore de la responsable ; mon père appelait ce genre de personnages « les cols blancs », ces petits chefs qui se servent de leurs mini-pouvoirs pour humilier leurs subalternes… Ma col blanc à moi était odieuse, cinglante et affichait un mépris sans bornes pour les jeunes pintades que nous étions, mes copines et moi.

Nous étions trois étudiantes à trimer sous sa responsabilité et, dès le début, elle nous a bien fait comprendre que notre sort dépendait de son bon vouloir. Un matin, elle a fait pleurer la plus jeune de nous trois, une fille un peu fragile et complètement paniquée dès que col blanc parlait.

Ça m'a révoltée, alors, très calmement, je me suis tournée vers elle et je lui ai demandé si elle avait un problème hormonal, à savoir des règles permanentes, ou bien si le fait de ne pas avoir eu de rapports sexuels depuis longtemps la rendait si agressive. Tout ça bien sûr dans un langage digne d'un étal de Monceau Fleurs.

Elle a viré violet, miss col blanc, et elle m'a demandé d'aller récupérer mon chèque à la compta. Dès ce moment-là, j'ai su que je n'étais pas faite pour la vie de bureau. Ni en été, ni en hiver…

Après mon bac, je me suis inscrite en fac de lettres à la Sorbonne. Je louais une chambre de bonne, j'étais désormais indépendante. Je me serais bien vue, quelques années plus tard, enseigner le français à des collégiens ou à des lycéens. Pourquoi le français ? Parce que c'est le langage, la connaissance. Des bagages indispensables pour se débrouiller dans la vie. Si on ne s'exprime pas correctement, on vous met vite de côté. La littérature, elle, apprend à réfléchir. Connaître un peu les grands auteurs, c'est participer plus facilement à des conversations et des débats. Je pense que le français est la matière qui ouvre le plus aux autres et à la vie en général. Quant aux ados, je les aime plus que tout. C'est un âge qui me touche beaucoup. Une période où on se construit, où on a besoin d'être guidé. Les parents ne savent pas toujours s'y prendre. Ils n'ont pas la patience. Ils disent qu'ils ne comprennent pas les jeunes, que ce sont des petits cons. C'est parce qu'ils n'essaient pas de les comprendre. Ils ont oublié qu'eux aussi ils ont été des petits cons. Certains refusent de s'en souvenir parce que ça les arrange. Ils sont en conflit avec leurs ados et refusent le dialogue. Il m'arrive d'en croiser. J'essaie de leur rafraîchir la mémoire. Certains m'avouent qu'ils gardent de leur adolescence un sentiment de détresse. Ils ne veulent pas remuer tout ça. Selon eux, il suffit d'attendre que leur gosse passe le cap, et basta. Je leur explique qu'ils ont tout faux. Que c'est justement quand on a souffert soi-même qu'on est le plus apte à comprendre ses ados. Il faut leur faire confiance et les rassurer. Ils sont bien plus ouverts qu'on le croit. Bien plus malins aussi. Quand on a compris ça, tout se passe bien.

Langage, connaissance, psychologie… Accorder les trois, c'était ça, pour moi, l'enseignement. Le prof de lettres idéal est celui qui explique aux jeunes qu'ils peuvent s'en sortir par l'éducation. Qu'ils ne perdent pas leur temps, bien au contraire. C'est aussi celui qui les aide à mettre des mots sur leur souffrance. Nommer les choses, c'est être mieux dans sa peau. Cette façon d'envisager le métier, je la devais en partie à mon passage aux Petits-Champs. Je voulais transmettre à mes futurs élèves tout ce que j'avais reçu.

Je ne suis pas devenue prof. La vie en a décidé autrement. Dès la deuxième année, je me suis rendu compte que ces études étaient trop abstraites pour moi. Je m'ennuyais. Poursuivre encore des années avant de rentrer dans la vie active me semblait au-dessus de mes forces.

J'ai donc arrêté mes études. Mais je ne le vois pas du tout comme un échec. Ce que je voulais apporter aux enfants et aux ados, j'ai pu le leur donner plus tard. D'une manière différente, mais tout aussi concrète. À travers les reportages que j'ai tournés en tant que journaliste, grâce à « D&CO » ou à *Victoire Bonnot*, j'ai essayé de les aider.

J'avais désormais vingt ans. Je voulais gagner ma vie. J'ai commencé par le télémarketing. C'était stressant et très difficile. Ma mission ? Démarcher des clients pour un magazine de petites annonces commerciales.

Les employés, alignés comme des pions, dans des box recouverts d'une moquette saumon répugnante, passaient d'innombrables appels pour tenter d'obtenir *une* réponse positive. Je devais me présenter ainsi, sur un ton très aimable : « Bonjour, je suis Valérie, j'aimerais savoir si vous êtes vendeur de votre commerce. »

À la fin de chaque journée, le couperet. Je devais présenter une liste de dix clients intéressés. C'était le minimum pour pouvoir garder son poste. Au-dessus de moi, il y avait un petit chef qui écoutait tous mes appels et pointait mes résultats. Il était intraitable. Car le petit chef était lui-même surveillé par un chef, qui était un despote. Lui-même supervisé par un grand chef, qui était un vrai tyran… Le télémarketing n'était qu'une pyramide de peur et de frustration. Tout était verrouillé et déshumanisé. Je devenais un robot. Au bout de six mois, je n'en pouvais plus. Je suis partie.

Ma mère s'est empressée de me culpabiliser en m'expliquant à quel point JAMAIS je n'arriverais à travailler, parce que trop rebelle, trop chiante, trop exigeante, trop gâtée. Au bout d'un moment, le discours était tellement rodé que, quand elle me l'assénait, je tentais des trucs, je m'imaginais dans une comédie musicale, je partais très, très loin. Je maîtrisais parfaitement l'art de m'échapper, tout en gardant une tête concernée. Parfois, il arrivait que je me fasse griller et rappeler à l'ordre : « Mais tu m'écoutes, oui ? »

Oui, oui... Deux minutes, je suis avec Gene Kelly, j'arrive...

La vérité, c'est que je voulais bien obéir et être un bon petit soldat, mais pour ça j'avais besoin d'admirer, et jusque-là les chefaillons de pacotille que j'avais rencontrés me donnaient envie d'aller élever des poneys à Ibiza.

C'est encore vrai aujourd'hui.

J'ai souvent eu la réputation d'être « ingérable » alors que pas du tout, je suis tellement sage quand, face à moi, il y a quelqu'un que j'admire !

Le discours culpabilisant de ma mère me laissait toujours la même impression d'amertume. J'avais le sentiment que, finalement, on ne se comprenait pas et que plus les années passaient, plus le fossé devenait un gouffre infranchissable. Ça me rendait triste et me laissait désemparée. J'essayais de faire mon « petit possible », comme aurait dit ma grand-mère, mais jamais rien n'allait. Jamais.

Jusqu'à la fin de sa vie, ma mère ne m'a jamais dit qu'elle était fière de moi, que j'avais fait les bons choix. Elle m'a aimée plus que tout, mais n'a pas su mettre de mots sur cet amour.

J'ai dû interpréter des gestes, des mots, des signes, mais j'ai désespérément attendu la phrase magique « Je suis si fière de toi »... En réaction, c'est vrai qu'avec mes enfants j'en ai fait des caisses : le moindre dessin, la moindre danse, la moindre rédaction et je me confondais en applaudissements et en câlins démesurés.

Oui, c'est vrai, je n'ai pas le sens de la mesure.

Je suis excessive.

Un peu.

J'ai enchaîné ensuite de nombreux petits boulots. Grâce à une amie de mon père, j'ai fini par trouver un job qui convenait mieux à mon caractère. J'ai été embauchée dans une société de communication située à Paris, dans le XVe arrondissement, spécialisée dans l'événementiel et les relations publiques.

Ma patronne était une véritable tornade. Elle gérait sa famille et son boulot d'une main de maître ; elle était assez dingue pour m'amuser et suffisamment pro pour que je suive ses ordres.

Avec elle j'ai appris l'art de la com'. Elle me donnait énormément de travail, mais me fichait une paix royale. Elle partait du principe que j'avais compris et qu'elle me faisait confiance. Je gérais seule mon temps et j'abattais mes tâches sans rechigner.

Je suis restée un an, ce qui pour moi est un record, mais le Connard est arrivé, et avec lui le vent du large…

– 11 –

Briseur d'icebergs

Les noms de baptême, c'est réservé aux humains. Je ne l'appellerai donc pas par son prénom. Le Connard, ça lui ira très bien.

Je l'ai rencontré l'année de mes vingt et un ans. Coup de foudre. Le Connard était beau, sympa, drôle, brillant. Le Connard était parfait. Nous avons décidé de vivre ensemble. La première année, tout était merveilleux. Peu à peu, la situation s'est, comment dire, dégradée. Oui, c'est ça, la situation est grave partie en couilles, plutôt.

Il devenait difficile à vivre. Il piquait des colères, il avait des caprices d'enfant gâté (ce qu'il était). Et il devenait jaloux. Et quand je dis jaloux, je ne parle pas d'une crisounette parce qu'un mec te regarde un peu trop le décolleté. Nan, nan. Je parle de la crise de taré pour rien.

Un vendeur ou un serveur me souriait ? « Salooooooooooooope », « Allumeuse »…

CRIS CRIS CRIS CRIS.

Je souriais à un serveur ou à un vendeur ?

« Nymphooooooooo », « Connasse »…

CRIS CRIS CRIS CRIS.

Je rentrais plus tard du travail ? Évidemment, c'était parce que je « me faisais sauter à l'hôtel ».

Je partais faire du shopping avec une copine ? J'étais lesbienne et endoctrinée par cette salope qui allumait tout le monde…

Bref, tu as saisi l'idée.

Bon, à force, je faisais la gueule à tout le monde. Je ne comprenais pas la source du problème. J'avais beau chercher, creuser – à tel point que je pense avoir percé un tunnel jusqu'à Pékin –, je ne trouvais pas ce qui déclenchait ça chez lui. Parce que certes, j'étais plutôt pas mal, mais bon, je ne provoquais pas non plus des émeutes sur mon passage !

Je me culpabilisais, je me disais que, forcément, j'avais dû faire un truc gravissime pour occasionner de telles crises. Le truc qui me glaçait le sang plus que les cris, c'étaient les colères froides, le genre iceberg qui dérive et qui te défonce la tronche l'air de rien…

Je tentais de l'aider, je voulais qu'il me parle pour essayer de comprendre. Parce que comme une conne je l'aimais. Pourquoi ? Parce que. Oui, je sais, la réponse est nulle, mais en réalité qui peut répondre à ça ? Comment ça marche l'amour ? Tu le sais, toi ? Tu as de la chance ! Moi, je ne sais pas.

Souvent, après les insultes et les icebergs, arrivait la période que j'appelais « oasis du love ». Oui, parce que tous les pervers sont méga malins. Ils te font passer du pire au meilleur en un claquement de doigts. T'es perdue au bout d'un moment, tu ne sais plus trop ce qui va arriver. C'est une technique de torture mentale qui a plutôt la cote chez les tyrans, ça a fait ses preuves…

Un jour, crevée de tous ces allers et retours climatiques, j'ai claqué la porte. Je suis allée vivre quelques jours chez une copine. Mais ce Connard, je l'avais dans la peau. Je suis revenue. Il m'a demandé pardon. Il ne voulait pas ça. Il m'aimait. Il m'adorait. Je l'aimais. Je l'ai cru.

Il a recommencé. Plusieurs fois. Tous les jours. Tout le temps. Il devenait complètement fou. J'ai compris que c'était un pervers narcissique. Ce Connard que je croyais parfait, c'était en fait un parfait connard. Mais je l'aimais. J'étais jeune, un peu conne. Moi, mon schéma, c'était celui de mes parents : je voulais construire, me poser, prouver que j'étais capable de constance au moins dans ma vie privée.

Depuis toute petite, je l'attendais, moi, ce putain de prince charmant. Ouais bah, le prince, il n'existe pas. Le prince, parfois, c'est un gros connard.

Je lui ai laissé une dernière chance. Je n'aurais pas dû.

Il a remis ça une nouvelle fois. La fois de trop. La boulette. Je me suis retrouvée aux urgences. Hospitalisation, huit jours d'ITT.

À mon retour de l'hôpital, je suis passée en coup de vent à l'appartement pour récupérer mes affaires. Je gagnais ma vie, j'étais indépendante. Je me suis installée ailleurs. Je me suis sauvée à temps. Il aurait fini par me tuer.

J'ai porté plainte pour coups et blessures. Le Connard s'est retrouvé en garde à vue. Mais le flic chargé du dossier m'a conseillé de retirer ma plainte : « Vu ce qu'il vous a fait, il va prendre cher. Mais c'est un fou dangereux. Un vrai psychopathe. À sa sortie de prison, il ne vous ratera pas. C'est à vous de voir… »

Ça a été vite vu. J'ai retiré ma plainte.

On la connaît, l'histoire du *Titanic* : l'iceberg, ce connard, est toujours vainqueur…

Cette expérience, j'en ai tiré une bonne grosse force de vie. Plus jamais personne ne me la ferait à l'envers, et surtout pas un mec. Et plus personne ne me crierait dessus, ni ne m'insulterait ou me manquerait un tantinet de respect. Encore aujourd'hui quand quelqu'un hausse le ton, j'ai des sueurs et le rouge me vient aux joues. Je crie plus que de raison, souvent ça déstabilise mon interlocuteur qui ne comprend pas que je surréagisse. Je passe pour une gueularde, mais je n'y peux rien. C'est plus fort que moi, je suis submergée par la colère en quatre secondes.

Il ne faut pas tout accepter, il faut se protéger. Quand un homme commence à cogner, il faut être lucide. Il ne changera jamais. Alors, même si on l'aime, il faut rassembler son courage et sa force, et il faut se casser et ne jamais se retourner. Oui, je sais, je parle comme dans les livres, mais bon, on est dans un livre…

Au final, tout ce que je peux te dire, ce ne sont que des mots. Je ne fais pas une thèse, mais il y a quelques trucs de base à savoir :

1. Il ne faut surtout pas culpabiliser.

Quand un homme te tabasse, ne va pas croire que c'est ta faute. Que tu n'es pas à la hauteur. Et si ton entourage ne se doute de rien, ou s'il reste sceptique, c'est parce que, en général, le cogneur est charmant en société.

2. Il faut arrêter de se taire et d'avoir honte.

C'est en privé qu'il montre son vrai visage, celui du bourreau, même si le décalage est

1

2

3

4

1. Maman, la grâce, ma sirène des mers.

2. Papa, mon hidalgo. Un an plus tard, il se faisait pousser la moustache, il ne l'a plus jamais rasée.

3. Même en salopette, maman est belle ; mon père, on dirait James Bond.

4. Première carte d'identité, mon père ce gitan…

1

2

3

4

5

1. À 4 ans, élève studieuse, avec trois cheveux et des rubans.
2. Ulysse qui fait la gueule, probablement parce qu'à 15 ans je ne mange plus de BN.
3. Mon Gigantor et moi prêts pour le concours.
4. Ma copine Nathalie, en noir à gauche. Elle déteste cette photo : elle est la seule en short alors qu'elle voulait être en robe comme moi.
5. Première lettre de fête des Mères. J'ai des cartons pleins de tous mes souvenirs d'enfance ; oui, ma mère gardait TOUT !

1

2

1. Un collector, ma carte orange de 1980, synonyme des premières sorties.

2, 3, 4. De l'époque des premiers patins aux folles nuits aux Bains.

3

4

I

1. Moi posant fièrement devant ma « benne de prime ».

2. Première émission pour Phil, baptisé à la peinture.

3. Tentative de photo de presse champêtre avec Phil pendant la dernière année de « D&co ».

3

4. Bibiane (Godfroid) et Thomas (Valentin) à la fête des 5 ans de « D&co ».

5. Ave Caroline, la rédactrice en chef de « D&co », et Gaël, « mon Tchétchène ».

6. L'équipe au complet de Victoire Bonnot : ma bande à moi que j'aime.

1

2

3

4

5

6

1. Mes p'tits cons à moi d'amour.
2. Mes chatons avec le petit agneau baptisé « Bouclette » à qui il manquait une patte.
3. Régis, briseur d'icebergs.
4. Les 4 fantastiques.
5. Ma chouquette jolie Alexia.
6. Mon papou en pleine rêverie à l'île de Ré.

7

8

9

7. Omar et Laurent Baffie à l'hôpital Robert-Debré sur le tournage de « D&co » pour CKDB.

8. Mon idole : Hélène, présidente de l'association CKDB.

9. Mon patron Arthur, Omar et Jarry, pour la spéciale CKDB, en direct.

10. Ma canaille préférée, mon Fourachou.

10

1

1. Tout est dit : le cœur sur la main, le doigt sur la gâchette.

2. L'île de Ré, un cheval, le bonheur…

2

énorme avec ce qu'il montre en société ; parle, enregistre-le si tu le peux et montre-le aux autres. Tu as honte, je sais. C'est dur de parler et d'avouer que le si mignon compagnon est en réalité un beau salaud. Tu as eu honte de ta faiblesse, tu te dégoûtes d'aimer ce type, du coup tu ne racontes rien à tes amis ; enfin, ceux qui restent, parce que bien souvent le pervers a éjecté de ta vie tous ceux qui auraient pu t'aider.

Mais il faut en parler. Il ne faut pas avoir honte. Tu n'es pas faible, tu es même unique et formidable, c'est pour ça que le pervers t'a choisie, il te jalouse.

3. Le pervers narcissique est un fruit sec, il choisit toujours des victimes parmi les femmes fortes (et je ne parle pas de mon poids, hein, je te vois venir).

Parfois le pervers ne cogne pas, il se contente de détruire lentement sa proie à coups d'humiliations et de petites mesquineries insidieuses. Petit à petit, le poison distillé fait son œuvre, tu deviens une merde, une très grosse merde ; tu ne réfléchis plus, tu obéis, tu n'es pas sereine, tu sursautes, tu cherches à ne pas froisser le pervers, en vain. Même quand tu anticipes certaines réactions, le pervers te baise à la fin. Le pervers n'est jamais à court d'imagination, c'est son job.

Le pervers qui cogne, au final, c'est celui qui va te « faciliter » la tâche. Oui, je sais, c'est paradoxal, mais dans mon cas, les dents pétées et les cocards m'ont fait partir plus vite que les saloperies verbales que j'encaissais mieux.

Pour celles qui ont des enfants avec l'homme qui les frappe, c'est encore plus dur. Elles se sentent prisonnières. Il fait du chantage. Et quand elles dépendent de lui financièrement, c'est un cercle infernal. Là aussi, même si c'est difficile, il faut trancher. Trouver un petit boulot, s'assumer, et tant pis si le train de vie trinque un peu. Ce qui compte, c'est de sauver sa peau.

4. Il ne faut JAMAIS dépendre financièrement d'un mec.

C'est la base ; comme ça, en cas de galère, le départ est plus facile. Même si la victime est acculée moralement, dépassée, vidée, annihilée par son bourreau, l'indépendance peut la sortir de la merde.

Mais c'est dur. Le pervers va tout faire pour que tu dépendes de lui, prétexter qu'il gagne suffisamment sa vie pour le foyer, te laisser t'occuper des enfants, te faire croire que ce petit cocon confortable va être tellement mieux que l'extérieur. Et puis, quand tu es bien anesthésiée, bien tranquille, c'est là que le pervers attaque, comme un putain de serpent : avant même la morsure, tu es foutue.

Beaucoup plus tard, quand j'ai été médiatisée, j'ai parlé de mon passé de femme battue. J'ai pensé que mon témoignage pouvait aider les femmes qui vivaient ce drame au quotidien. Rapidement, plusieurs associations m'ont contactée. J'ai accepté de participer à des débats. J'ai assisté au gala de Ni putes ni soumises, mais en simple invitée. J'ai aussi enregistré une chanson pour Unissons nos voix, un collectif qui agit contre la violence faite aux femmes. Chaque fois que j'ai pu, j'ai apporté mon aide. Mais je l'ai limitée à des interventions ponctuelles. Devenir un symbole, un étendard, je ne le souhaitais pas. Parler de ce que j'ai vécu est trop personnel.

C'est encore très douloureux. Et même là je ne vous dis pas toute la vérité, c'est comme ça, j'ai encore un peu de mal avec la vérité.

Alors je vais faire un bon gros saut dans le temps.

Pendant ce saut, j'ai eu deux enfants, qui sont bien évidemment les plus beaux du monde. J'ai aimé, divorcé, et aimé de nouveau. Et puis, en 2001, j'ai rencontré Régis. Depuis, il est toujours dans ma vie, et lui, il connaît la vérité, mais il ne dira jamais rien. Même sous la torture. Régis, lui, les icebergs, il les pulvérise à mains nues. Régis est un ninja.

– 12 –

Merci patron

Au moment où j'ai rencontré Régis, je travaillais depuis quelques années pour Case Productions, la société d'Arthur et Stéphane Courbit. J'avais commencé en 1997, en tournant des caméras cachées pour l'émission présentée par Daniela Lumbroso « Et si ça vous arrivait », où des anonymes piégeaient leurs amis.

C'est grâce à Charly et Lulu que j'ai démarré.

Pendant quelques mois, j'ai tenu un resto (oui, je sais, je suis un couteau suisse) dans lequel ils venaient déjeuner. On est devenus potes.

Quand ils ont commencé dans l'émission « Et si ça vous arrivait » de Daniela Lumbroso avec Arthur, ils me l'ont présenté et tout s'est enchaîné.

Au départ, j'ai été embauchée pour « recruter » des piégeurs et des piégés car je connaissais beaucoup de monde et j'ai toujours eu beaucoup d'amis. Et là, tu te dis : « Elle se la pète, genre elle connaît plein de monde, gnagnagna, elle a plein d'amis… » En réalité, je connais beaucoup de monde et j'ai beaucoup de copains, mais je différencie les copains des vrais amis. Les vrais amis, ce sont ceux que tu peux appeler la nuit pour leur demander de t'aider à enterrer un cadavre ; ils ne posent pas de questions, ils prennent juste des pelles et des bières. De ceux-là, j'en ai deux. Je ne te donnerai pas leurs noms, je ne voudrais pas qu'ils aient d'ennuis avec la police, au cas où.

Les copains, ce sont ceux que tu appelles pour faire la fête et boire des coups, ceux à qui tu racontes tes problèmes et qui te racontent les leurs, mais ça reste léger. Ce sont ceux avec qui tu dînes et tu refais le monde en ricanant.

Parfois des copains deviennent des amis et vice versa.

Je crois que je connais beaucoup de monde pour deux raisons. La première, c'est que j'adore écouter, et les gens, ce qu'ils aiment le plus, c'est parler d'eux. Et moi, depuis toute petite, j'ai toujours aimé connaître la vie des gens. Peut-être pour savoir si chez les autres c'était mieux ou pire, je n'en sais rien. J'ai le don de les mettre à l'aise, en deux minutes ils me déballent leur vie, et moi, j'adore ça, ça m'intéresse et ils le voient. C'est comme ça.

La deuxième raison, c'est que j'aime recevoir, cuisiner, faire la fête et faire des cadeaux. Je surkiffe faire plaisir, je suis de celles qui préfèrent offrir que recevoir.

Du coup, ça m'a bien facilité les choses pour mon nouveau job de connaître autant de monde.

Le premier sketch que j'ai organisé a bien marché. J'ai piégé une copine et elle a plongé. Ça a plu à Joëlle, la productrice, qui m'a proposé d'intégrer l'équipe du casting. C'est comme ça que ma carrière à la télé a vraiment démarré.

Évidemment, la télé avait bien changé depuis « Aujourd'hui madame ». À vrai dire, je la regardais peu, à part le matin avec mes enfants : on était fans des « Histoires du Père Castor » et de « Franklin la Tortue ». D'ailleurs, parfois, je me demande si ce ne serait pas mieux si tout était aussi simple que dans le monde des dessins animés. C'est vrai qu'on s'emmerderait un peu. En revanche, avec Père Castor comme Premier ministre et Franklin à l'Intérieur, on serait plutôt peinards.

Même si je n'avais jamais rêvé d'y bosser, je voyais bien que dans ce milieu de la télé on devait beaucoup plus s'amuser que dans un bureau traditionnel ; du coup, c'est plutôt avec joie que j'ai débuté ma carrière.

L'émission était un joyeux bordel, et quelquefois ça tournait mal. Très mal, même. Comme ce jour où un type (le piégeur) invitait son frère (le piégé) au restaurant pour lui présenter sa (fausse) maîtresse. Le frère était un peu surpris mais n'avait rien dit. La « maîtresse » s'est absentée pour aller aux toilettes, laissant les deux frères en tête à tête. Le piégeur a confié au piégé qu'au bout de vingt ans de mariage il commençait à se lasser. Cette petite nana était donc parfaite pour le distraire. En régie, la femme du piégé, qui était complice, assistait à la scène. J'étais à ses côtés. L'ambiance était à la rigolade, c'était le principe de l'émission. C'est alors que le piégé, sur le ton de la confidence, a avoué à son frère que lui aussi avait une maîtresse. Ambiance dans la cabine de régie ! Joëlle paniquée a regardé la tête de l'épouse cocue devant tout le monde : la dame était devenue violette et poussait des petits cris.

Joëlle s'est précipitée dans le restaurant en applaudissant et en disant : « On dénoue, on dénoue ! », ce qui signifiait que tout devait s'arrêter et qu'on coupait les caméras.

Je me souviens encore de la tête du type quand il a vu sa femme. Un lapin pris dans les phares d'une bagnole.

Nous avons bien sûr tout arrêté. Et rien de tout ça n'a été diffusé…

Le concept a ensuite été décliné avec des célébrités. L'émission s'appelait « La Télé s'amuse » et était présentée par Arthur. Nous avons reçu Roger Hanin, Victoria Abril... Bref, nous nous sommes beaucoup marrés.

Avec Case Productions, j'ai également tourné des reportages pour « Exclusif ». Des reportages sur l'actualité de nos amis les people. Arthur a été le premier à « me mettre à l'antenne ». Grâce à lui, j'ai fait mes premiers pas d'animatrice télé. Je l'aimerai pour ça toute ma vie. Même aujourd'hui, je l'appelle toujours « patron », parce que je l'admire, et qu'à mes yeux sans lui je n'aurais jamais présenté d'émission. D'« Exclusif », je garde des souvenirs assez délirants. Dans le cadre du Festival international du film fantastique de Gérardmer, j'avais fait un sujet sur les people qui s'intéressaient au fantastique. Mais je voulais aussi tourner un sujet plus global sur les fantômes, parce que moi, j'y crois, aux fantômes. Quand j'étais ado, j'ai fait des soirées mémorables de spiritisme et, depuis, je suis un peu sur mes gardes quand je rentre dans une maison qu'on dit hantée. Alors oui, je te vois avec ce petit sourire narquois, genre : « Elle est un peu perchée, Damidot », mais je ne t'en veux pas, moi j'y crois.

Me voilà donc partie en reportage à l'abbaye de Mortemer, dans l'Eure, accompagnée d'un ingénieur du son et d'un cadreur. L'abbaye avait (et a toujours) la réputation d'être le lieu le plus hanté de France. Le fantôme de la princesse Mathilde, petite-fille de Guillaume le Conquérant, s'y promènerait certains soirs de pleine lune avec une chouette sur l'épaule… Si elle apparaît gantée de blanc, pas de problème, en revanche, si elle a mis ses gants noirs, vous crevez dans l'année. Elle a l'air trop sympa, Mathilde. La chouette, elle, est là pour le folklore, parce qu'a priori elle ne bouge pas du tout.

À la réflexion, je me demande si Mathilde n'est pas une ancienne élève de Poudlard un peu paumée.

Mathilde a aussi des collègues qui hantent l'abbaye à plein temps. Une centaine de moines égorgés dans la cave pendant la Révolution. Tout ce petit monde cohabite et apparaît au gré des pleines lunes.

Une fois sur place, nous avons tourné quelques plans mais le gardien nous avait prévenus : dès que la nuit tomberait, il rentrerait chez lui. Or, nous avions besoin de rester une partie de la soirée pour terminer le reportage. Nous sommes allés voir la propriétaire, qui nous a dit la même chose : dès que la nuit tombait, elle s'en allait. Elle avait vécu dans l'abbaye dans les premiers temps de son installation, mais en était vite partie. Volets qui claquent, bruits de pas, portes qui grincent, objets qui disparaissent ou qui changent de place, chuchotements, pleurs, tout ça avait fini par avoir raison de ses nerfs… Elle avait préféré transformer une partie de l'abbaye en musée et était partie habiter au village, dans une maison plus tranquille. Mais elle a bien voulu nous confier les clés. Nous voilà donc tous les trois à la nuit tombée en train de descendre l'escalier de pierre qui menait à la cave. Très vite, l'ingénieur du son et moi nous sommes sentis oppressés. Je le vois encore avec sa perche au milieu des marches, un peu tremblant. « Valérie, ça ne va pas du tout… »

Il respirait mal, moi aussi, je suffoquais, comme dans un endroit réduit. L'air était lourd, ça sentait l'encens, ça arrachait la gorge. Avec l'ingénieur du son, on s'est regardés, on avait la même envie de se barrer. Le cadreur, lui, était mort de rire. Il ne ressentait strictement rien. J'ai poursuivi tant bien que mal ma descente. Une fois dans la cave, les choses se sont encore corsées. L'atmosphère est devenue vraiment irrespirable… Et le pompon : il y avait dans la cave une petite scénographie très sympathique. Des mannequins de cire grandeur nature, représentant les moines, déambulaient sur des rails rouillés qui faisaient un bruit de crécelle, avec une musique de film d'horreur en fond sonore, c'était hyper rassurant !

Comme si ça ne suffisait pas, le sol en terre battue dégageait une affreuse poussière collante qui nous rentrait dans le nez et nous empêchait encore plus de respirer. L'ingé son et moi étions de plus en plus en panique.

Le cadreur, lui, a continué à se foutre de nous. Jusqu'au moment où, sans raison apparente, notre projecteur s'est éteint. Avant de se rallumer. Et rebelote. Puis ce fut au tour des lumières du couloir et de la salle principale. Ça clignotait, puis la musique passait à quarante mille décibels d'un coup… Là, c'était *too much*.

Le cadreur a changé de tête. Nous avons plié bagage, remonté les marches quatre à quatre, et nous sommes repartis comme des voleurs. Dans la voiture, on se regardait l'air un peu con. On a rendu les clés et on est rentrés à Paris légèrement traumatisés.

« Exclusif », pour tous ceux qui y ont bossé, reste une expérience incroyable. Grâce à cette émission, j'ai rencontré des comédiens et des chanteurs qui me faisaient rêver plus jeune : Johnny, Belmondo, et plein d'autres que je n'aurais jamais approchés. Je suis sûre que si Ulysse avait été encore en vie, il aurait aimé venir avec moi. Souvent je repense à nos après-midi à mater le gris par la fenêtre, je me dis que j'ai un peu réussi à me sortir de ce truc qui nous rendait chafouins.

Mais ma plus belle rencontre reste Alexia. Alexia Laroche-Joubert. La meilleure productrice à l'ouest du Pecos (ouais, je parle comme

John Wayne). Si aujourd'hui elle est mon amie envers et contre tout, au début, ce n'était pas gagné !

La première fois qu'Arthur me l'a présentée, j'ai eu l'impression de rencontrer la fille naturelle d'une tornade et d'un rottweiler. Je travaillais chez Case depuis une bonne année quand Arthur et Stéphane ont décidé de lancer « Exclusif ». Pour cela ils avaient engagé Alexia comme rédactrice en chef. Elle avait travaillé pour TF1 et la réputation d'avoir un p… de tempérament ! (Le « tempérament », c'est le mot que les hommes ont inventé pour ne pas dire « casse-bonbons », mais en réalité le tempérament, ça les gonfle un peu.) Elle avait aussi des joues rondes qui devenaient rouges parce qu'elle vociférait beaucoup ! En tant que rédactrice en chef, elle avait décidé que seuls les « vrais » journalistes travailleraient sur le programme, et les « vrais » journalistes, pour Alexia, c'est un croisement entre un reporter de guerre et Mata Hari, avec, si possible, une carte de presse. Si bien que quand on lui a expliqué que je travaillerais avec elle, elle m'a accueillie avec des stalactites dans la voix. Pour me piéger, elle m'a dit : « Vous n'êtes pas journaliste, vous n'avez jamais rien fait avant, quel intérêt ai-je à bosser avec vous ? Vous avez des sujets people solides à nous proposer ? »

J'ai souri gentiment et lui ai répondu : « Oui, justement, mon ami Steven Seagal est de passage à Paris. Il vient d'être nommé moine Rinpoché, et il accepte de nous en parler en exclu. »

Elle a bredouillé un truc du genre : « Oui, bon, c'est pas mal, mais je vous colle le redchef adjoint, vu que vous n'êtes pas journaliste. »

J'ai continué à sourire et j'ai dit : « Bien sûr, pas de soucis, si ça vous rassure. »

En réalité, je m'étais un peu emballée, parce que Steven, je le connaissais certes un peu mais je n'étais pas sûre du tout qu'il veuille bien se faire interviewer sur le bouddhisme !

Steven était le parrain de l'association de mon amie Lisa qui s'occupait des enfants tibétains, alors, oui, il était à Paris, fraîchement rentré du Tibet, oui, il était Rinpoché, mais accepterait-il ?

Je suis sortie calmement du bureau d'Alexia en donnant rendez-vous à l'équipe de tournage le lendemain au Ritz pour l'interview de

Steven. Dès que j'ai été dehors, je me suis jetée sur le téléphone et j'ai appelé Lisa. Je lui ai dit que si Steven n'acceptait pas j'étais virée. Elle a expliqué le dossier à Steven qui a rigolé et répondu : « OK, si c'est une question de vie ou de mort, elle n'a qu'à venir. »

Steven est devenu mon héros.

Le lendemain, on a fait l'interview, le rédac chef adjoint collé à mes basques. J'avais une trouille monumentale. Steven a été formidable, il a joué le jeu. Il a vanté mes qualités, a répondu à toutes mes questions, et il nous a même invités à dîner !

Grace à lui et à mon amie Lisa, je tenais le premier sujet exclusif sur une star américaine réalisé en France !

Pour la petite anecdote, à la fin de son séjour parisien, Steven a décidé de m'inviter à dîner. Problème, il m'a appelée le soir où j'avais des amis à la maison. Or il faut savoir que Steven déteste venir dans des lieux qu'il ne connaît pas. Qu'à cela ne tienne, il a raccroché en me disant qu'il passerait peut-être.

J'ai continué mon dîner sans avertir mes amis de l'hypothétique venue de Steven.

Parmi mes amis, il y avait Julien, son plus grand fan. Petit détail, Julien était arrivé chez moi trempé par la pluie – vive le scooter – et je lui avais prêté un bas de jogging rose et un sweat Mickey beaucoup trop petits pour lui.

Au dessert, la sonnette a retenti. Régis est allé ouvrir et, là, sont rentrés dans mon minuscule salon deux gardes du corps qui ont fait le tour de la pièce sans nous adresser la parole, en parlant en américain dans un talkie-walkie. Arrive un troisième garde du corps, suivi par deux nonnes tibétaines, une photographe, un homme en costume, puis Steven en tenue de Rinpoché, et ma copine Lisa.

Comment vous dire…

Julien a failli mourir.

Mes potes étaient scotchés. Steven est rentré dans la chambre de mes enfants et les a bénis. Mon fils s'est réveillé et a halluciné, ma fille a cru qu'elle rêvait. Il m'a serrée dans ses bras, me garantissant que mon appartement était plein de « *good vibes* ». Il a maté Régis de haut en bas en le scrutant façon Terminator, et il est reparti avec toute sa troupe comme par enchantement.

Il y a alors eu un silence abyssal dans mon salon, puis Julien d'une toute petite voix a dit : « Putain, la honte, quoi, j'étais en jogging rose. »

On a éclaté de rire et la soirée a repris.

Julien ne s'en est jamais remis.

Quand j'ai raconté plus tard à mes enfants qu'ils avaient été bénis par Steven Rinpoché, mon fils m'a demandé : « Le mec de *The Cook* ?

J'ai acquiescé ; il ne m'a jamais crue.

Mais bon, grâce à Steven et à mon reportage, Alexia m'a regardée différemment. Elle a continué à vociférer mais j'ai intégré l'équipe de journalistes...

Après des semaines à bosser à son côté, j'ai compris qu'Alexia gueulait tout le temps parce qu'elle doutait d'elle tout le temps. Certains journalistes étaient terrorisés quand elle validait leurs sujets, moi, elle m'amusait. Et je la faisais rire. Je désamorçais la bombe avant même l'allumage de la mèche. Je l'adorais :

elle était dingue et talentueuse, le cocktail gagnant à mes yeux.

On a fini par bien s'entendre, ce qui fait que quand elle a quitté « Exclusif » pour s'occuper de la « Star Ac 1 », elle m'a embarquée avec elle. Parce qu'elle est comme moi, Alexia, elle est fidèle en amitié et droite. Elle n'aime pas s'encombrer de fioritures, elle va à l'essentiel. Il faut bosser, après on rigole, parce qu'en plus d'être dingue, elle est drôle.

J'ai quitté la rue Torricelli et je l'ai suivie à Melun dans le château. On a démarré la « Star Ac » la fleur au fusil, sans savoir où on allait. J'ai bien fait, ça a été une expérience de fous.

La première fois que je suis arrivée au château j'ai halluciné. Dans la vraie vie, il est tout petit ! Mais de part et d'autre, on avait ajouté un décor qui cachait les rails où étaient placées les caméras qui filmaient H24 les candidats !

C'était très flippant de circuler dans ces couloirs. Derrière des vitres sans tain, on voyait les gens qui eux ne nous voyaient pas. Je n'étais pas très à l'aise avec cette position de voyeur.

Mon rôle, dans un premier temps, était de trouver des activités en plus du chant avec Armande Altaï et de la danse avec Kamel Ouali. Je dénichais donc des cours de salsa, de samba, je faisais venir Régis qui jouait les DJ et animait des *blind tests*, j'organisais des soirées casino… Un jour, j'ai même fait venir des gogo dancers, la soirée a vite vite vite dégénéré, on n'a pas renouvelé l'expérience !

Mon souci, c'est que je suis très maternante. Dans la vie de tous les jours, je peux fatiguer mes potes tellement je les materne. Je veux toujours que tout soit parfait pour eux. Je suis une daronne dans l'âme. Du coup, ces gamins, j'avais envie de m'occuper d'eux. Je suis donc devenue la « nounou » des candidats de la « Star Academy ». Mon rôle consistait à faire en sorte qu'ils soient le mieux possible. Je crois que j'étais une nounou sympa. Ils étaient très jeunes, alors je les écoutais, je leur prêtais de temps en temps mon portable en douce malgré le règlement… Je leur expliquais où se placer pour être moins vus par les caméras, je leur disais aussi que non, se percer les boutons devant la glace de la salle de bains, ce n'était pas une bonne idée !

Le plus compliqué ? Les protéger dès qu'ils devaient sortir du « château ». Car à l'extérieur, c'était une vraie folie. La production organisait des séances de dédicaces et je devais gérer les déferlements. Une des séances s'est déroulée à Val d'Europe, un gros centre commercial de la région parisienne. Pour être sûrs d'obtenir une dédicace, les fans de Jenifer, Olivia Ruiz, Patrice et Mario sont arrivés dès 5 heures du matin. La file d'attente était interminable. Elle courait tout le long de la galerie marchande et se prolongeait dehors sur une bonne centaine de mètres. C'était l'hiver, il faisait un froid glacial. Les jeunes de la « Star Ac » ont fait patiemment et gentiment leurs dédicaces, mais nous avions un timing à respecter. À une certaine heure, nous avons dû plier bagage. Sans avoir, hélas, eu le temps de terminer.

Quand j'ai expliqué à la sécurité du centre commercial qu'on allait devoir y aller, le chef est devenu blanc. « Mais on va leur dire quoi, à ceux qui attendent depuis des heures ? »

Je ne savais pas quoi répondre.

Ça me déprimait de voir tous ces gamins qui attendaient là depuis mille ans, mais je n'avais pas le choix, il fallait rentrer à Dammarie-les-Lys…

Le chef de la sécurité a annoncé la mauvaise nouvelle à la foule. Et là, ce fut le drame.

Tollé général, cris de désespoir. La horde de fans s'est ruée sur nous dans une bousculade indescriptible. Ceux qui attendaient encore dehors forçaient le passage et s'engouffraient dans le hall. La sécurité a dû baisser les grilles pour empêcher les gens d'entrer en masse. Mon cadreur, qui n'a pas réussi à rentrer, s'est retrouvé dans le chaos et a filmé l'émeute. Les gens hurlaient, les étals du supermarché étaient renversés. Nous sommes parvenus à fuir jusqu'à un ascenseur. La sécurité nous a conduits dans un parking souterrain, où on nous a cachés et bouclés pendant deux heures en attendant que ça se calme. Cette fois-là, j'ai eu très peur que ça tourne mal. J'étais là pour rassurer les gamins, mais j'avais déjà beaucoup de mal à me rassurer moi-même… Alexia a eu cette conclusion géniale au montage des images : « Ça valait le coup, c'est top, ce bordel, on dirait des rock stars ! » Ce n'était pas faux, mais c'était très violent.

Patrice et Olivia, particulièrement, ne voulaient plus revivre ça. Pourtant, nous avons vécu la même furie quinze jours plus tard au Planet Hollywood, sur les Champs-Élysées. Je me souviens de Patrice, paniqué, me disant : « Valoche, sors-nous de là. »

On s'est enfuis par les cuisines et on s'est engouffrés dans des voitures en jurant de ne plus jamais refaire ça. On a arrêté les dédicaces, mais on a continué les sorties. On est même allés au théâtre voir une pièce de Laurent Baffie. Chaque fois, j'étais hallucinée de voir les milliers de gamins qui attendaient à la sortie pour voir les mômes de la « Star Ac ». C'était tout simplement dingue.

Malgré ces grosses frayeurs, je garde de très bons souvenirs de ces quatre mois de folie au château. Aujourd'hui, je suis toujours amie avec Patrice et Olivia, et on aime bien se rappeler cette période. On en rit encore, c'était une belle expérience.

J'ai poursuivi ma collaboration avec Case Productions en tant que directrice de casting pour le « Loft 2 ». Là aussi, de longues files d'attente. Les jeunes arrivaient dès 6 heures le matin, et jusqu'à 22 heures, ça défilait… Nous demandions à chacun ce qui le motivait pour entrer dans le Loft. La plupart avaient de mauvaises raisons. Ils cherchaient à devenir célèbres, point barre. Ceux-là, nous les écartions vite. Beaucoup aussi étaient des ados fragiles, paumés. Ils pensaient que rentrer dans le Loft allait changer leur vie et résoudre leurs problèmes. Eh bien non, en fait.

Le plus surprenant, c'était le nombre hallucinant de clones de Steevy et de Loana. Cheveux peroxydés et peluche Bourriquet pour les garçons, tenue sexy et chaussures blanches à plates-formes pour les filles. Ils pensaient qu'en imitant les stars du « Loft 1 » ils augmenteraient leurs chances. Fatale erreur. Comme nous cherchions des jeunes à forte personnalité, ils venaient pour rien, dommage.

Personnellement, je me demandais ce qu'il pouvait y avoir d'excitant à s'enfermer dans une baraque aux couleurs criardes, avec des gens qu'on ne connaît pas, filmés H24, avec une voix pénible qui te dit quoi faire. Piégés comme des rats de labo, épiés, dépecés, avec tout le monde qui se fout de toi devant sa télé. Je ne comprenais pas, mais je me suis bien marrée.

Pourtant, je regrettais un peu la « Star Ac ». Je trouvais que les gamins y étaient plus attachants, mon éternel syndrome de daronne probablement…

Et puis l'appel du large a commencé à me reprendre, je ne tenais plus en place, j'avais envie de rester mais pas pour les bonnes raisons.

Alexia était un peu devenue ma famille, une sorte de sœur, c'était confortable de travailler avec elle, mais moi, j'aime bien me mettre en danger, découvrir de nouveaux horizons. La routine m'angoissait. J'avais cette perpétuelle envie de vouloir plus, mieux, différent, nouveau ; ce vieux truc de gamine qui regardait par la fenêtre en se demandant ce qu'il y avait derrière les tours en face d'elle.

Alors je suis partie.

Une petite boule au ventre.

Ma mère a soupiré, mon père a souri. Moi, j'ai fait comme toujours, j'ai tracé.

– 13 –

Mireille

En 2002, j'ai rencontré chez des amis un responsable de programmes de France Télévisions. Il m'a parlé de l'émission « Vie privée, vie publique », produite et présentée par Mireille Dumas. Mireille y invitait des personnes, célèbres ou non, à raconter leur parcours. L'émission était diffusée depuis deux ans sur France 3 et la chaîne souhaitait lui donner un petit coup de fouet. Pour apporter un peu d'air frais, il était nécessaire de renouveler l'équipe.

C'est comme ça que je suis arrivée chez Mireille.

Le premier truc qui m'a étonnée, c'est que Mireille est très drôle. Elle rit beaucoup. Moi qui m'attendais à rencontrer une psy sérieuse, je la trouve plutôt prête à partir en vrille facilement. Bon, son défaut un peu pénible, c'est qu'elle est toujours à la bourre. Mais vraiment. Pas genre dix minutes, non, plutôt deux heures. En revanche quand tu l'engueules ou que tu manifestes ta colère, elle comprend, elle te donne même raison. C'est la patronne avec qui tu peux hurler pendant une heure et qui, à la fin, se marre à tes blagues et te parle du temps qu'il fait comme si rien ne s'était passé ! Et le truc bien avec Mireille, c'est qu'elle te fait confiance. Moi qui venais de la télé-réalité, j'étais toute contente de pouvoir réaliser de longs sujets à ma façon. Mireille aimait bien ma manière un peu cash de réaliser, elle était donc plutôt bienveillante quand je proposais des angles de sujets. C'était très motivant.

Nous abordions beaucoup de thèmes graves, parfois très lourds. Inceste, viol, prostitution, alcoolisme… Mon premier reportage est celui qui m'a le plus bouleversée. J'ai rencontré les parents de Marilou, qui, depuis la mort de leur petite fille, se battaient sans relâche pour qu'une loi reconnaisse au même titre que l'alcool le délit de conduite sous l'emprise de produits stupéfiants. Je me suis donc rendue chez eux. Nous avons démarré l'interview en filmant la maison où elle avait grandi et, quand nous sommes arrivés dans la chambre de Marilou, je me suis effondrée. Elle ressemblait tellement à ma fille, le même âge, le même sourire, que je me suis pris le drame de ces parents en pleine face. Je les trouvais si courageux... J'ai fondu en larmes, essuyé mes yeux et c'est le papa de Marilou qui m'a consolée !

J'étais tellement gênée de la situation ; je me suis excusée, mais lui m'a gentiment dit que c'était normal, qu'il espérait que tout le monde soit sensibilisé afin que la loi soit votée et que plus aucune famille n'ait à vivre ce drame...

Le 23 janvier 2003, soit une semaine après mon interview, la loi a été votée ; elle a pour nom « loi Marilou ». J'étais si heureuse pour cette famille, émue par l'aboutissement de leur combat.

Parfois, histoire de se détendre un peu, on réalisait des sujets plus cool, du people, du léger. C'est dans ce cadre que nous avons fait un reportage sur les gens qui « vendaient » leur mariage à des annonceurs et des sponsors.

Ça tombait bien, nous venions d'apprendre qu'un couple de célébrités françaises préparait un mariage prestigieux en profitant de ce système. Le mariage avait été vendu à la presse, de nombreux invités de marque étaient attendus dans un endroit de rêve. Robe de mariée somptueuse, limousine, cocktail, dîner gastro, tout était prévu. Le mariage promettait d'être dingue.

Étant donné l'ampleur de l'événement, nous devions être en équipe renforcée, avec deux caméras. La veille du mariage, j'ai tourné des images avec les futurs mariés. On était sur une plage, il faisait beau, je leur demandais de faire comme dans le film de Lelouch *Un homme et une femme,* avec des plans cucul la praline ; les mariés étaient aux anges.

Le jour J, mon équipe et moi sommes arrivés sur le parvis de la mairie où les invités, déjà nombreux, se pressaient. Nous étions pourtant un peu en avance…

Il y avait au moins trois cents personnes lookées, chapeautées, très élégantes. Dans ma tête, je me suis fait la remarque que tout ça détonnait un peu avec les mariés, c'était beaucoup trop classe, trop chic… Je pensais qu'on allait vivre un mariage plutôt genre Kardashian de Prisunic et je me retrouvais à la noce de la tante Mathilde de Moncul-Surlacommode. Ça puait, un truc clochait.

Et pour cause. Un petit détail. Les mariés qui se tenaient devant nous n'étaient pas les nôtres… Il s'agissait du mariage d'une famille noble du coin.

Les nôtres, de mariés, étaient en retard : encore en train de se préparer, et à 10 heures du matin ils étaient déjà beurrés comme des petits LU.

Comment je le savais ? C'est tout simple. Quand ils sont enfin arrivés et qu'ils sont sortis de la voiture de location, ils titubaient. Ils étaient magnifiques, mes mariés. Elle, les joues rouges, lui, le cheveu en bataille et une tache de pastis sur son costard blanc.

Ah ça, il avait de la gueule, le mariage people !

Mon équipe et moi hésitions entre le fou rire nerveux et la consternation. Pas de limousine, pas de photographes, pas d'invités ou presque (six en tout), pas de faste. Rien. Juste une grosse impression de malaise.

Après la mairie, nous nous sommes rendus au cocktail. Il se déroulait dans une salle immense mais le buffet était à l'image du reste : ridicule. Deux bouteilles de mousseux et trois olives qui s'engueulaient avec des cacahuètes. Il y avait aussi les fameux « mélange fruits secs apéro », tu sais, celui où à la fin il ne reste que les raisins tout moches. Ça ressemblait plus à une kermesse ratée qu'au mariage de rêve qu'on nous avait vendu.

Dans cet espace vide où les invités picoraient ce qu'ils trouvaient, ils semblaient perdus. J'ai voulu comprendre. Et je commençais à m'inquiéter : comment mettre en boîte des images qui n'existent pas ?

J'ai donc appelé ma rédactrice en chef à qui j'ai raconté la débandade du truc, je lui ai expliqué que j'allais devoir changer l'axe du sujet parce que, concrètement, je n'étais pas magicienne, hein… Elle a beaucoup ri à mon récit et en blaguant m'a demandé de lui rapporter les raisins secs qui restaient. Donc, on est partis en free-style.

Nous sommes allés demander des explications à l'attachée de presse chargée d'organiser l'événement. Elle nous a alors raconté que deux semaines plus tôt la mariée s'était fâchée avec la quasi-totalité de ses invités. Au cours d'un dîner « prénuptial », elle avait insulté l'assemblée, frappé une invitée qu'elle trouvait trop « allumeuse » avec son futur époux (la pauvre septuagénaire avait perdu deux dents dans la bagarre) et fini à moitié nue sur la table. Voyant ça, les invités avaient préféré décommander, le mariage devenait trop risqué…

Pas d'invités, pas de sponsors. Donc pas de beau mariage. Donc pas de presse. Donc, rien. Le vide sidéral.

La pauvre attachée de presse avait sauvé les meubles et organisé ce qu'elle avait pu en se disant qu'elle parviendrait peut-être à vendre une ou deux photos… D'ailleurs le photographe nous a appelés pour qu'on le suive, il avait prévu une séance dans une prairie qui jouxtait la salle de réception.

Nous voilà partis avec les mariés et mon équipe.

Je la trouvais très bizarre, la prairie, un peu vert algue.

Ce qui était plutôt logique, car c'était un marécage boueux, genre la baraque de Shrek. La mariée s'y est enfoncée en hurlant, elle a perdu une chaussure, vacillé et réussi à remonter sur la berge plus ou moins dignement. Le marié a trébuché, mon équipe était trempée ; on a plié bagage et on est retournés dans la salle des fêtes.

C'est alors que tout a dégénéré… Devant ce naufrage, la mariée a fait une crise de nerfs. Et s'est jetée sur l'attachée de presse en l'insultant. Une vraie cinglée. L'attachée de presse s'est défendue. Elles se sont battues comme des chiffonnières, finissant par rouler par terre. La robe de la mariée s'est déchirée et a perdu de sa blancheur, enfin ce qu'il en restait, rapport au marécage de Shrek…

Avec les cadreurs et l'ingénieur du son, nous avons tenté de séparer les deux catcheuses. Les autres invités sont restés figés. Ils avaient peur de s'en prendre une, eux aussi. Enfin, la mariée s'est calmée. Mais seulement dix minutes. Plus déchaînée que jamais, elle a attaqué un deuxième round. La pauvre attachée de presse n'en pouvait plus, elle s'est échappée avec le photographe et a démarré en trombe dans sa voiture. Pendant ce temps, le marié, qui n'était déjà pas dans un état brillant, s'était consolé en attaquant les alcools forts. Il a bafouillé quelques mots vaseux pour essayer de calmer sa femme, a même tenté de l'amadouer en jouant du piano. Étant donné qu'il était à trois grammes d'alcool, la sérénade était… comment dire ? Ça n'a fait qu'envenimer les choses. Le bouquet final fut quand la mariée, folle de rage, congédia tout le monde en des termes que même la fameuse corporation des charretiers n'aurait pas compris…

On est donc rentrés à l'hôtel, on a été pris d'un fou rire, et j'ai appelé Mireille.

Elle a à son tour éclaté de rire. Je l'ai rassurée, mon reportage tenait à peu près la route. Grâce aux images tournées quelques jours avant le mariage et beaucoup de plans serrés, j'avais pu sauver les meubles. Mireille m'a demandé si les mariés viendraient malgré toutes ces péripéties sur le plateau pour l'émission…

Oui, ils sont venus, et ce jour-là on a planqué les raisins secs et le champagne…

J'ai adoré travailler avec Mireille. Ce fut une dure école, car elle était très exigeante. Et très speed. Mais l'expérience fut exceptionnelle. J'ai rencontré des gens incroyables et, même si j'aurais adoré vous raconter toutes les anecdotes, je vais m'arrêter là sous peine de vous sortir une collection aussi épaisse que le *Lagarde et Michard* !

En 2006, l'appel du large m'a reprise. Il fallait que je bouge. Encore. Toujours. Au moment précis où j'écris ces mots, je vois ma mère lever les yeux au ciel et soupirer.

Je ne le savais pas encore, mais cette nouvelle envie de changement allait bouleverser ma vie.

– 14 –

La maroufle

Marie, une de mes amies qui travaillait chez Fremantle, une société de production, m'a annoncé que Silvia Kahn, la directrice des magazines de M6, avait très envie de créer une émission de déco, la première sur une chaîne hertzienne.

Je connaissais bien Silvia, je l'adorais. On avait travaillé ensemble sur la « Star Ac » ; à l'époque elle y était productrice. Avec Alexia et elle, on s'était beaucoup amusées. Je savais que c'était une vraie « meuf », pas une chochotte qui couine quand elle se pète un ongle, ça non, mais une battante. Elle avait mille idées à la seconde et énormément de talent. J'étais partante à fond.

À l'époque, une chaîne allemande diffusait une émission de déco qui cartonnait. L'animatrice était une grosse dame très sympathique qui ne se prenait pas au sérieux. Elle était là pour mettre l'ambiance, mais dans les faits elle n'en ramait pas une ! C'était son personnage décalé qui plaisait au public. Le concept a donné des idées à Silvia Kahn. Elle s'est mise au travail. Peu à peu s'est dégagé un projet très abouti. Silvia tenait le concept, il ne lui manquait plus que l'animatrice. Elle ne voulait surtout pas de quelqu'un de lisse, d'interchangeable. Elle cherchait une forte personnalité qui apporterait un ton unique à l'émission. Et qui, contrairement à l'animatrice allemande, participerait activement aux travaux. Silvia a donc fait savoir qu'elle cherchait la « Marianne James de la déco ». Une femme truculente, drôle, talentueuse. Et… ronde ! À l'époque, Marianne animait « La Nouvelle Star », qui connaissait un vrai succès. Pour le public, les gens enrobés ont un côté rassurant. Quand mon amie Marie m'a raconté tout ça, je lui ai dit que je trouvais l'idée géniale. D'autant que j'adore la déco. Sans être architecte ni décoratrice professionnelle, je savais d'instinct ce que je pouvais faire quand je me trouvais dans un endroit à rénover.

Je ne sais pas d'où je tiens cela, peut-être parce que, petite, je rêvais sans arrêt de changer de décor, j'imaginais tout ce que j'aurais pu faire, casser tel mur pour en édifier un autre là, agrandir une fenêtre... Toujours est-il que dès que je rentre dans une maison, je sais immédiatement identifier les aménagements qu'il faudrait faire pour l'optimiser. C'est mon seul talent, mais il était de taille étant donné le concept de l'émission.

Du temps a passé. J'étais toujours très occupée par mon job de journaliste chez Mireille Dumas. Un soir que je me rendais à la projection presse du film d'Isabelle Mergault *Je vous trouve très beau*, mon portable a sonné. C'était mon amie Marie. « Tu aimes toujours la déco ? » m'a-t-elle demandé. Sur le moment, je n'ai pas percuté.

« Pourquoi ? Tu as besoin d'une adresse de brocante ?

– Pas du tout ! Je t'appelle pour te proposer de passer demain chez Fremantle. Ils ont un projet qui pourrait t'intéresser. »

Le lendemain, j'étais au rendez-vous. On m'a expliqué qu'il s'agissait d'un projet basé sur le *home staging*. Petit détail, ce mot signifie simplement « comment faire de ma maison un endroit de rêve avec trois francs six sous et plein d'optimisme ». Cette technique se fonde sur les conseils de décoration DIY (*Do It Yourself*). En résumé, cela t'apprend à optimiser ta maison quand tu n'as pas de moyens. Et ça, le manque de moyens, je connaissais bien, alors… Non seulement j'étais très intéressée, mais je savais que je pourrais faire du bon boulot. Nous avons tourné un pilote. Il a été visionné par le directeur des programmes de M6, Thomas Valentin, un homme aussi posé que discret qui a commencé par s'affoler. Je tutoyais tout le monde, je tirais gentiment sur la joue des enfants en leur disant : « T'es une petite crapule, toi ! », je ne mâchais pas mes mots… Il aimait beaucoup l'émission mais il me trouvait trop familière.

Il a paniqué.

Moi, stoïque, j'ai répondu que dans la vraie vie les gens sont détendus, hein.

Lui, il n'avait pas l'air détendu. Du tout.

D'autres commentaires ont suivi, à peu près identiques. Jusqu'à ce que la dirigeante de Fremantle, Bibiane Godfroid, visionne à son tour le pilote. Elle était ravie. Le côté cash de mon personnage lui plaisait beaucoup ; elle était sûre que le public marcherait.

C'est comme ça que j'ai signé mon premier contrat d'animatrice. Un énorme défi mais surtout une belle victoire. La grande timide allait animer une émission sur une grande chaîne ! Sans Silvia et Bibiane, jamais tout cela n'aurait été possible, jamais. Je n'avais pas le physique type de l'animatrice télé, et dès le début j'avais annoncé la couleur : je resterais moi-même, pas question de tricher ni de jouer la comédie. Thomas valentin avait fini par céder, exigeant simplement qu'à chaque début d'émission j'explique aux gens que j'allais les tutoyer.

Je l'ai fait.

Deux fois.

Faut pas déconner non plus.

J'ai dû attendre un peu avant de me lancer. Comme je suis quelqu'un de réglo, j'ai voulu honorer mon contrat avec Mireille Dumas jusqu'à son terme. Quand je lui ai annoncé que je quittais « Vie privée, vie publique » pour une émission de déco, elle a pensé qu'on m'avait proposé un meilleur salaire de journaliste ailleurs. Je lui ai fait un grand sourire.

« Tu n'y es pas. L'émission, c'est moi qui vais l'animer.

– Toi ? Toute seule ?

– Oui ! J'ai été choisie ! C'est génial, non ? »

Mireille était un peu sceptique : « Mais c'est très dur, d'être animatrice ! Tu es hypersensible ! Tu vas te faire broyer ! »

Je l'ai rassurée. Je suis peut-être hypersensible, mais j'ai du répondant. Et vu mes rondeurs, ceux qui chercheraient à m'aplatir n'étaient pas encore nés !

En janvier 2006, j'ai donc rejoint Fremantle. L'émission avait été baptisée « D&CO ». J'ai commencé à faire les castings, aidée du producteur Renaud Rahard. Nous n'étions que nous deux, il n'y avait pas de rédacteur en chef. C'était la grande liberté, et c'était ce qui me plaisait. Au début, je piochais dans les castings déjà existants de Fremantle. Ceux où on classe les gens qui aimeraient changer quelque chose dans leur vie comme dans « On a échangé nos mamans » ou « Super Nanny ».

Je dois dire qu'avec Renaud on a bien ri sur les premiers castings. On partait en repérage sans être vraiment sûrs de ce qu'on trouverait, à tel point que parfois on est restés scotchés par nos découvertes ! On visitait des appartements dans lesquels il y avait plus de meubles et de bibelots que de poils sur le dos d'un mouton. Des endroits improbables où rien n'avait bougé depuis trente ans – j'y retrouvais même des objets de décoration que j'avais connus dans mon enfance –, des logements dans un tel état que même avec la meilleure volonté de l'univers on n'aurait rien pu faire.

Mais bon, à force d'écumer la banlieue parisienne, on a fini par trouver nos premiers candidats à Aulnay-sous-Bois.

Ce qu'il faut que vous sachiez, c'est que la production et la chaîne qui avaient encore des doutes sur leur choix d'animatrice avaient pris pour me seconder une « décoratrice » ; elle travaillait pour l'émission de déco de Cendrine Dominguez sur Téva, avait soi-disant l'habitude des tournages et c'était une « pro », *elle*… Tu parles, Charles !

Oh, la bonne idée !

À cause de cette décoratrice, je me suis traîné des casseroles pendant des années.

Pour cette première famille qui essuyait les plâtres, la décoratrice a choisi de recouvrir toute la chambre des parents d'un tissu orange citrouille moisie et de peindre en marron les fenêtres et les portes…

J'avais envie de mourir.

Lorsque j'ai émis l'hypothèse que c'était vraiment trop immonde, on m'a sèchement répondu que je n'y connaissais rien, que c'était tendance. Ambiance. Je me suis énervée, car je devais justifier « mes » choix à l'antenne. Or, clairement, il ne s'agissait ni des miens ni, plus grave, de ceux de la famille.

Mais le pire avait été atteint dans la chambre des enfants. La décoratrice avait choisi un papier peint géométrique digne de *Shining* avec des pois rouges de différentes tailles, un décor de cauchemar. D'ailleurs je n'ai pas été la seule à le penser puisque Cauet dans l'une de ses émissions m'a vannée sur ce choix en me demandant si les gosses qui vivaient dans cette chambre n'étaient pas devenus complètement dingues, rapport au papier peint… Comment lui en vouloir ? C'était tellement vrai.

L'orange et le marron, je pouvais me taire, mais les pois étaient au-dessus de mes forces. J'ai pété un plomb. Je me suis ensuite sévèrement engueulée avec Renaud pour une question de vocabulaire. Il exigeait que je dise « rideau en coton » et j'avais dit « rideau en genre lin », le drame.

J'ai néanmoins gentiment terminé l'émission puis j'ai annoncé très clairement que dorénavant je voulais donner mon avis sur les « tendances » moches et que, non, on n'allait pas coller n'importe quoi chez les personnes qui nous faisaient confiance sous prétexte que c'était la mode, mais qu'on allait les interroger sur leurs goûts et sur leurs envies et ça se passerait très bien.

Je ne vous cache pas que ce fut long à mettre en place, mais j'y suis parvenue dès la deuxième émission. En écrivant ça, j'ai un sourire narquois.

L'autre chose que j'ai arrêtée également et qui nous faisait hurler de rire avec Renaud, c'est quand je devais expliquer le choix des couleurs aux familles.

« Alors, tu vois, Patrick, j'ai choisi du rose thé parce que le thé, c'est zen, ça te permettra de te détendre. »

En réalité, il n'y avait pas de réelle justification à donner : c'est vrai, Patrick, on choisissait le rose thé parce que c'était joli et apaisant, mais il n'y avait pas d'autres explications. C'était en soi de suffisamment bonnes raisons.

Le petit plus qui n'était pas prévu et qui nous avait été soufflé par un candidat de la deuxième émission, c'est la fameuse « découverte finale ». Et oui, nous n'y avions pas pensé !

En effet, initialement, la famille restait avec nous jusqu'à la fin des travaux, ce qui fait qu'il n'y avait pas vraiment de surprise, donc pas d'émerveillement au bout des travaux.

Sauf que Mitch, l'un des candidats de cette deuxième émission, était obligé de partir dès le deuxième jour des travaux. Quand il est revenu à la fin et qu'il a découvert ce qu'on avait fait de sa maison, il a été si soufflé du résultat qu'on a compris que c'était là l'enjeu de l'émission, l'émerveillement de la découverte.

C'est comme ça qu'on l'a gardé et que c'est devenu le climax de l'émission ! Merci Mitch !

Pour commencer, la chaîne nous avait commandé cinq émissions. Elles devaient être diffusées le samedi à 12 h 30. La première a été lancée le 22 avril 2006. Dix ans déjà… Dès la première diffusion, cela a été un carton d'audience. À partir de là, tout s'est enchaîné très vite. Bibiane Godfroid a immédiatement mesuré le potentiel de l'émission et décidé de la programmer en prime time.

Jusque-là, la version du samedi midi était relativement simple : on rénovait trois pièces d'une maison ; on tournait en deux jours pour une émission de quarante-cinq minutes.

Le prime, c'était autre chose. Il s'agissait de refaire toute une maison en une semaine ! Si un jour je rencontre le gars qui a décidé qu'on pouvait refaire une maison en huit jours, je lui passerai les dents à la roulette pendant des heures.

Quelle folie, quelle cinglerie !

UNE SEMAINE POUR TOUT CHANGER !

Ah, elle est belle, l'histoire !

Pour votre gouverne, sachez que pour le premier prime notre benne à gravats était tout ce qu'il y a de plus basique. Sale, jaunisse. Bref, une vraie benne de chantier. Mais cette benne était quand même un peu la star de l'émission. C'est grâce à elle que le destin de la famille se jouait ! On la voyait beaucoup à l'image. Silvia a tout de suite perçu le problème et, à l'issue du premier prime, nous a tenu ce discours :

« Oui, alors, pour la prochaine émission, il me faut une benne de prime, hein. »

Renaud et moi, on ne voyait pas bien où elle voulait en venir.

« Une benne de prime ? Mais c'est quoi, une benne de prime ?

– C'est simple, voyons. Une benne de prime c'est une benne qui claque, une benne avec des strass et un brushing quoi.

– Aaaaaah, d'accord. »

Et c'est ainsi qu'est née ma benne rouge floquée du logo « D&CO » et recouverte au sol d'une ravissante moquette.

Comment elle se la pétait, ma benne !

Après ce premier prime, on a enchaîné neuf années d'émission. Le rythme de tournage était dingue : deux émissions du samedi par semaine et un prime toutes les cinq semaines, auxquelles s'ajoutaient les repérages et les castings. « D&CO » est devenue une ruche de guerre.

Heureusement que mon équipe était soudée et un peu dingue, sans quoi on n'aurait jamais tenu, jamais. Avec la succession de journées de vingt heures, les nuits blanches, les crises de fous rires, de nerfs, de larmes, de colère, avec les gens de « D&CO », on formait une vraie famille.

Comment résumer neuf années de pure folie ? J'avoue que je ne sais pas trop. Je pourrais en parler pendant des heures… « D&CO » était et restera une énorme partie de ma vie, un morceau de moi-même.

J'ai tellement aimé faire cette émission !

Ce que je préférais, c'était penser le nouveau décor des personnes chez qui nous allions gribouiller des plans. Les voir mis au propre et prendre vie grâce à notre architecte, puis n'avoir que huit jours à attendre pour voir réalisé tout ce que l'on avait imaginé, c'était réellement magique.

Il y a eu des chantiers particulièrement épiques. On s'est défoncés nuit et jour pour tenir les délais, on en a bavé, surtout l'hiver, c'est peu de le dire… *fucking* hiver… La boue, le froid, la neige, la fatigue… On n'en voyait pas le bout. Pourtant on s'éclatait vraiment bien et on était hyper contents parce qu'on était conscients que, grâce à nous, la vie d'une famille allait réellement changer. L'un des candidats nous a même dit un jour : « Merci, vous m'avez fait gagner vingt-cinq ans ! » Eh oui ! Parce que avoir sa maison refaite par l'équipe de « D&CO », c'était encore mieux que de gagner au Loto !

Même quand on était arrivé au bout du bout de l'autre bout du rouleau, on restait tous motivés par le fait de faire plaisir à la famille qui nous avait fait confiance, de lui redonner la pêche, l'aider à notre manière à se sortir de la galère. Gaël, le chef de chantier, avait un don pour embarquer ses équipes, les emmener dans sa folie et réussir. À force de miracles dans les pires timings, je l'avais baptisé « mon Tchétchène », dingue, increvable, toujours sur le coup, à fond, tout le temps…

Quand arrivait enfin le moment tant attendu de la découverte, alors que tout le monde était vidé et pouvait relâcher la pression, alors que je n'avais qu'une envie, me rouler en boule et dormir, moi, je devais me préparer, me remaquiller et mettre « un habit de prime » parce que c'était LE moment de l'émission, le climax, quoi !

Alors l'habit de prime, c'était une tenue genre robe de princesse que je devais porter parce que la chaîne avait expliqué qu'« en prime time on met des paillettes », ou un truc du genre…

Pour ne rien vous cacher, à 5 heures du matin en plein hiver, morte de fatigue, tout me tentait plus que de me ravaler la tronche et d'enfiler une robe en lamé.

Au début je l'ai fait. Au début.

À la fin ils pouvaient dire tout ce qu'ils voulaient, menacer, ça me passait complètement au-dessus. Je leur répondais : « Venez vous taper huit jours de chantier à trois heures de sommeil par nuit, on verra si à la fin vous avez encore envie de vous apprêter ! »

Sans compter que je trouvais ça ridicule de se mettre tout à coup sur son trente et un alors qu'on avait passé la semaine en salopette et bleu de travail.

Comme de bien entendu, ma mère ne partageait pas ma vision des choses. Elle trouvait ça chic, elle, la robe de princesse. Moi, je trouvais ça chiant.

Mais parfois, même dans le froid, j'acceptais de me changer. Pour ma mère, pour qu'elle soit contente et qu'elle ne soupire pas en me disant ensuite : « Tu aurais pu te changer quand même ! »

En réalité, hors le côté habits de lumière, on attendait la découverte de la maison par la famille avec impatience. Aussi excités que nos candidats. C'était notre moment préféré. On avait hâte de voir si notre travail, tout ce pour quoi nous avions trimé non-stop pendant huit jours, allait leur plaire, s'ils en seraient heureux. On était plus fébriles que des gosses attendant leur bulletin scolaire !

Il arrivait qu'ils soient tellement sonnés qu'en apparence ils n'avaient aucune réaction. En réalité, ils étaient scotchés par le résultat, surexcités et en même temps vidés par leurs émotions ; du coup ils mettaient du temps à reconnaître les lieux. Il est vrai aussi que généralement il était 5 heures du matin quand ils découvraient leur nouvelle maison. Réveillés à 4 heures, depuis huit jours ils attendaient ce moment dans un état second.

Mais quand on coupait les caméras, très souvent les familles se lâchaient en hurlant de joie et en prenant peu à peu possession des lieux. On était si soulagés et heureux pour eux que chaque fois ça se terminait en embrassades et en remerciements mouillés.

Mais n'allez pas croire que le travail s'arrêtait à la déco !

Les cadreurs et le réalisateur, qui étaient déjà bien morts de fatigue, devaient alors réaliser les fameuses « *beauties* », les images des « avant-après » si vous préférez, ce qui prenait entre deux ou trois heures selon la superficie de la maison. Si les « avant » étaient bien évidemment tournés avant le début des travaux, il restait à tourner tous les « après ». L'hiver, tout se passait bien car même quand on finissait à 5 heures du matin, le jour se levait tard, ce qui nous laissait le temps de filmer.

En revanche, l'été, c'était un véritable enfer : une course contre l'aube. Les *beauties* devant absolument se faire la nuit à la lumière des bougies, on n'avait pas d'autre choix que de ruser. On « borniolait » les fenêtres avec des tissus noirs, on tirait les rideaux, et ainsi on pouvait filmer. Pourquoi les bougies, me direz-vous ? Parce que c'est plus joli, tiens !

C'est féerique, ça donne une lumière magique. C'est beau, certes, mais quelle organisation ça nous demandait !

Le plus souvent on parvenait à faire les *beauties* des chambres avant la découverte afin de pouvoir laisser la famille tranquille ; ils pouvaient coucher les enfants pendant qu'on filmait les autres pièces, mais il arrivait aussi qu'on n'y parvienne pas et, dans ce cas, pour patienter, on buvait des cafés avec eux dans la tente installée dehors, autour de la somptueuse table régie où trônaient fièrement des quatre-quarts Papy Brossard et des mandarines. Ça occupait tout le monde tout en permettant aux cadreurs de finir leur prise d'images dans la maison. Quand tout était fini, on rentrait à l'hôtel, vidés.

Je suis souvent restée en contact avec les familles qu'on a aidées. On est amis sur Facebook, ils m'envoient des photos des gosses qui grandissent, de la maison… Des expériences aussi folles soudent à vie.

Sans mon équipe, ce truc de malades n'aurait jamais pu voir le jour. Sans Gaël, Youssef, Caro, Georges, Jérémy, Gilles – mes fidèles lieutenants assistants déco –, sans mes trois plombiers, mes trois électriciens qui bossaient la nuit comme des fous, et sans tous les artisans, vous n'auriez jamais vu cette émission. Si elle est notre bébé à tous, pour moi, ce sont eux qui l'ont faite, bien plus que moi.

Dès le début, j'ai voulu que tout le monde apparaisse à l'antenne ; M6 n'était pas trop pour, mais moi, je trouvais ça normal.

Les premiers temps je travaillais avec Franck. Comme il était un pro du bâtiment, on a assez vite défini les rôles : j'étais la neuneu qui apprenait la technique, lui, le prof bienveillant qui corrigeait mes erreurs. C'est vite parti en cacahuètes. Car si sur les premières émissions il ne voulait pas trop déconner rapport à sa crédibilité et à ses chantiers à l'extérieur, à la fin c'était le premier à se déguiser et à mettre le bordel.

Un jour il a souhaité partir et se consacrer à d'autres projets, tenter d'autres choses. Sauf qu'il était hors de question pour moi d'animer seule, je n'en avais aucune envie et j'avais pris l'habitude de fonctionner en binôme. Je n'aime pas trop ça, la solitude, tu l'as compris, non ?

Du coup, Fremantle a fait une sorte de mini-casting pour trouver un remplaçant à Franck et je dois avouer qu'on a piqué de bons fous rires avec certains candidats au poste. On en a recalé une dizaine : un vrai casting de la Vache qui rit : trop sérieux, trop relou, trop bling-bling, trop nul…

Et puis j'ai eu une idée.

Oui, ça m'arrive parfois.

Un de mes régisseurs (les régisseurs sont eux aussi les héros de l'émission, car ils doivent se coltiner tout le sale travail, évacuer les gravats, porter les plaques de Placo et le bois, conduire les engins de chantier tout en gérant la table de collation gâteaux/café – indispensable ! Bref, à côté d'eux les Expendables sont des mauviettes) me faisait rire, était sympa, beau gosse, je me suis dit : « Allez, hop, tu vas devenir mon binôme. »

Ce « héros » s'appelait Phil.

Sauf que dans la première émission où il est apparu, il était tellement traumatisé, tellement coincé que le producteur m'a demandé si je n'étais pas un peu cinglée. J'ai persisté, j'étais sûre du potentiel de Phil.

Pour lui faciliter les choses, on a décidé de se donner des rôles : je serais celle qui lui pourrit la vie, lui serait ma victime préférée et on jouerait à se vanner non-stop.

Voilà. Le binôme est né comme ça, et Phil est devenu mon meilleur ami, l'une des personnes qui me connaissent le mieux au monde.

Et on a bien rigolé. Surtout la dernière année.

M6 voulait arrêter l'émission depuis un moment déjà. À force de rediffusions, de programmation aléatoire, l'émission commençait à s'user, on avait déjà échappé deux ou trois fois à l'arrêt de mort. Pour éviter ça, on s'est battus, et on a continué bon an, mal an. On était tous un peu dégoûtés de cette situation, on avait tellement envie de continuer. C'était un tel kif d'aider les gens qu'on ne se voyait pas arrêter.

La patronne de Fremantle a donc décidé qu'on continuerait à tourner les primes mais qu'on les diviserait en épisodes diffusés en six dimanches après-midi. Si sur le papier ça claquait, dans la vraie vie c'était un casse-tête suffisamment tordu pour t'envoyer à l'asile. Oui, parce qu'un prime c'est cent vingt minutes, et six épisodes de cinquante-deux minutes, c'est le triple. Il a donc fallu découper et surtout ajouter des séquences, c'est comme ça que sont nés les ateliers de bricolo et bricolette.

Comment les décrire ? On devait créer dix-huit ateliers de customisation ou de création d'objets répartis sur cinq épisodes, le sixième étant dédié à la découverte.

En neuf ans d'émission, on en avait fait, de la customisation, il nous fallait donc trouver le moyen d'innover. Certes, Phil était un super bricoleur, mais ça ne nous a pas empêchés de ramer pour les trouver, ces ateliers !

En revanche, à réaliser, c'était génial, on a piqué des fous rires mémorables. Je me souviens surtout d'un bougeoir qu'on devait fabriquer à base de théières, de tasses et de soucoupes en porcelaine. On devait les percer délicatement pour assembler les éléments. Or, on n'a pas tardé à découvrir que la porcelaine n'était pas coopérative, mais alors pas du tout. Elle se la jouait perso, elle n'a pas aimé qu'on la perce, la porcelaine.

Pour faire deux bougeoirs, j'avais acheté quatre services à thé chez Emmaüs. On les a tous explosés.

Autant vous dire qu'à la fin de l'atelier je précisais bien aux téléspectateurs que c'était une bonne grosse galère à réaliser, le joli bougeoir.

Voilà…

On a passé l'année comme ça, en tournant des émissions tronquées. On continuait, mais même nous, on avait fini par perdre un peu la foi. On trouvait que l'émission était gâchée par cette nouvelle forme. On a bien tenté de réclamer des primes « normaux », mais du côté de M6 on nous répondait que l'émission était vieille.

On avait de la peine, on se sentait abandonnés. On voyait bien que, malgré notre envie et notre rage, le concept s'étiolait. On avait le cœur gros. Je disais à mon équipe qu'on allait s'en sortir, qu'on remonterait la pente, qu'on reviendrait en prime, en *access*, qu'on serait les plus forts…

Je ne suis pas très bonne en baratin.

On avait l'impression d'être en train de monter tout en haut d'un building de cinquante étages tout en sachant qu'on avait oublié la clé au rez-de-chaussée. Plutôt désagréable.

Néanmoins, ce sentiment de gâchis ne nous a pas empêchés de faire des maisons formidables et de continuer à rendre des familles heureuses.

Tout au long de ces années, le truc qui m'a le plus rendue folle, c'étaient les critiques débiles sur l'émission.

« C'est de la merde, ça tient pas, leurs trucs. »

« C'est pourri. En huit jours, on ne peut pas refaire une maison. »

« C'est de la déco de merde. »

« Y a trop de fuchsia. »

« Trop de stickers. »

Bla-bla-bla.

Je n'étais pas la seule à en souffrir, mes équipes aussi, c'était tellement injuste, tellement gratuit. Parfois je ne vous cache pas que j'aurais bien aimé péter deux ou trois mâchoires, mais bon, je suis bien élevée…

Je m'énervais quand on critiquait notre travail. On y mettait tellement nos tripes et de notre cœur ; le résultat était spectaculaire, les familles étaient heureuses et, non, on ne mettait pas de fuchsia ni de stickers. Mais pour l'intelligentsia de la déco, on était des blaireaux qui faisaient des trucs criards et ringards.

Ça blesse, et puis un jour on finit par ne plus y prêter attention et ça fait du bien. On se concentre sur le travail et on ne lit plus les critiques infondées. J'ai rêvé d'inviter tous ceux qui nous crachaient dessus à venir prendre deux, trois leçons avec nous, à se déplacer pour constater le sérieux et le professionnalisme de mes équipes, mais je ne l'ai jamais fait. Je savais qu'ils ne viendraient pas. En revanche, je suis sûre et certaine qu'ils n'ont jamais regardé l'émission, jamais.

Et là vous vous demandez pourquoi je suis partie avant que M6 arrête le programme si je l'aimais tant.

Parfois, moi aussi…

Pendant neuf ans, chaque matin, je me suis levée en me disant que j'aimais ce que je faisais, que j'aimais les gens avec qui je le faisais, en mesurant la chance que j'avais. J'allais bosser avec la banane, j'avais enfin trouvé ma place.

Mais j'avoue, en 2009, j'ai eu envie de tenter de nouveaux trucs. Le vent du large m'avait reprise. Un vent différent, une petite brise. J'avais envie de continuer « D&CO », mais j'éprouvais aussi le besoin d'aller chercher des sensations à côté. Tester et découvrir d'autres choses…

– 15 –

La bande à Bonnot

En 2009, j'ai proposé à M6 de créer une série largement inspirée de *Pause-Café*, une série des années 1970 dans laquelle Véronique Jannot jouait le rôle d'une assistante sociale dans un lycée. Ils n'ont pas sauté de joie en poussant des cris d'enthousiasme parce qu'il faut savoir qu'en télé on n'aime pas beaucoup les touche-à-tout, les gens qui ont la bougeotte. En télé, on aime bien mettre les gens dans des cases ou des boîtes avec de jolies étiquettes.

Je n'aime pas trop les boîtes. Même les grandes. Je m'y sens toujours à l'étroit, j'étouffe.

J'ai donc plaidé ma propre cause. Heureusement j'avais une alliée de taille : la fidèle Bibiane Godfroid, probablement l'une des meilleures directrices de programme que je connaisse.

Ayant bien compris que ça ne servirait à rien d'essayer de me dissuader, elle a largement contribué à ce que *Victoire Bonnot* se réalise. Cerise sur le gâteau, elle y croyait vraiment. Et elle ne s'était pas trompée : le premier épisode a été un carton d'audience. On en a tourné sept en trois ans. Le premier tournage a débuté en août 2009, le dernier, en juillet 2012.

Victoire Bonnot est un super souvenir, l'équipe et moi avons pris énormément de plaisir à le faire. Ça m'a fendu le cœur d'arrêter. Avec Philippe et Vincent, les réalisateurs, Shirley Bousquet qui jouait ma meilleure amie, l'équipe technique et tous les autres comédiens, nous formions une bonne petite tribu, on se marrait tellement qu'on avait l'impression de partir en colo à chaque tournage. Ma fille jouait le rôle de… ma fille, c'était le cadeau bonus qui nous laissera des souvenirs à vie à toutes les deux ! On squattait l'intégralité d'un hôtel, que dis-je, un domaine, niché au bord d'un lac à la sortie d'Angoulême ; on a même songé à l'acheter tous ensemble tellement on y était bien. Une année, l'hôtel, complet, n'avait pu nous accueillir, nous avons donc loué une maison tous ensemble. On cuisinait à tour de rôle ; Vincent, le réal, adorait nous préparer des petits plats. On bossait les scènes du lendemain dans le jardin, on récrivait certains dialogues, c'était un peu la maison du bonheur.

Julien et Carole, qui s'occupaient de la fiction sur M6, étaient formidables, enthousiastes, bienveillants, rassurants… Quand on récrivait certaines scènes pour les muscler, ils étaient toujours partants. J'avais tellement peur de ne pas être à la hauteur : sans eux je n'y serais pas arrivée. Carole a même réussi à me convaincre que j'étais bonne comédienne ! Elle m'encourageait à être spontanée, à être différente tout en restant moi-même. Elle était très pro, je l'écoutais toujours.

Et puis, M6 n'a plus voulu qu'on tourne. Ils ont d'abord prétexté que les sujets au lycée risquaient de s'épuiser, que ce ne serait pas assez large et concernant pour toucher le public, bla-bla-ba… En réalité M6 n'avait pas vraiment l'envie d'une série récurrente, ce n'est pas dans l'ADN de la chaîne, plutôt dans celui de TF1. M6 préférait les formats courts. Pourtant, ça ne les a pas empêchés de rediffuser la série après son interruption chaque mercredi pendant deux ans.

Aujourd'hui *Victoire Bonnot* passe en boucle sur Téva, c'est donc que ce n'était pas si nul alors, mais bon…

Une nouvelle fois, je me suis sentie trahie. Les diffusions étaient trop espacées, mal programmées, j'avais l'impression que cette série les gonflait. Le dernier épisode a été programmé trois ans après son tournage, à l'arrache, juste après mon départ de la chaîne, en catimini, au creux de l'été.

Ce manque d'intérêt pour la série a fait partie des raisons qui m'ont poussée à partir.

Avec le recul et entre nous, je pense que je ne suis pas faite pour la télé, du moins pas comme ça. Je suis trop entière, trop sensible, je ne sais pas être diplomate ou politique. Quand j'ai quelque chose à dire, faut que ça sorte, peu importent les conséquences. C'est sûr que ce n'est pas trop tactique, mais je n'y peux rien, je ne sais pas fermer ma « grande gueule ».

Certains diront que je suis « ingérable » ; ceux qui me connaissent, que je suis perfectionniste et passionnée.

Moi, je dirais que j'aime ce métier à en crever mais que je ne sais pas faire de compromis.

Je voulais rester et continuer « D&CO », mais je voulais aussi faire une série et une émission de divertissement. Je me sentais mal-aimée, incomprise, je marche trop à l'affect. Et dans le travail, ça ne sert pas à grand-chose, l'émotivité, à part à chialer.

Bibiane partie de M6 fin 2014, je me suis retrouvée face au nouveau directeur des programmes, qui comprenait tout ce dont j'avais envie mais me trouvait sévère avec la chaîne, trop exigeante, pénible à vouloir sans cesse sortir de ma boîte et réclamer de faire autre chose que de la déco.

Oui, peut-être.

Mais je me sentais toujours aussi mal-aimée, incomprise, mise au rancart, comme un vieux couple dans lequel tu restes avec l'autre pour de mauvaises raisons. Je voyais bien que la chaîne et moi ne parlions pas le même langage. On ne s'aimait plus. Quand on ne s'aime plus, c'est mort. On aurait pu aller voir Karine Grandval, ma pote psy de l'émission « Confessions intimes », mais j'ai bien senti que même elle ne parviendrait pas à sauver notre couple.

J'ai bien fait deux ou trois tentatives, j'ai mis de l'or dans mes cheveux, un peu plus de noir sur mes yeux, mais ça n'a pas marché.

Je voulais juste essayer des nouvelles choses, on me répondait parts de marché et études. Ah, les études ! Sachez que toute l'année les animateurs et les émissions sont soumis à des « études ». On prend un panel de personnes et on leur pose des centaines de questions dont on analyse les résultats. Attention ! Si les études disent que tu dois porter du bleu parce que c'est mieux, ne t'avise surtout pas de les contrarier, malheureuse !

Moi, je dis que les études et les audiences font plus de mal à la télé que le Nutella à tes fesses. À force de trembler devant les études, plus personne n'ose créer ou bouger. La télé devient un vaste champ d'émissions qui se ressemblent toutes et d'adaptations de formats étrangers qui fonctionnent un coup sur deux.

Si aujourd'hui, en 2016, on devait lancer « D&CO » avec une petite grosse inconnue aux commandes, aucune chaîne n'aurait le courage d'y aller. La télé est devenue frileuse, on ne teste plus rien et rien n'a plus le temps de s'installer. Moi, je respecterai les audiences quand chaque téléviseur sera équipé d'un boîtier qui les mesure réellement ! Je m'emballe, je m'emballe, mais j'en ai un peu gros sur le cœur.

Alors voilà. J'étais fatiguée de me battre, épuisée de vouloir bien faire et d'avoir sans arrêt l'impression que tout était gâché. Bruno et Vincent, les directeurs d'antenne et des programmes de NRJ12, m'ont proposé de rejoindre la chaîne pour changer son image trop marquée télé-réalité. Ils étaient motivés, ils avaient envie, j'ai foncé… J'ai pris un gros mur en pleine face à deux cents kilomètres heure, mais ça, je ne pouvais pas le savoir.

Plus tard lorsque je reparlerais de ces quelques mois passés chez NRJ12, je ne me rappellerais presque plus rien. Parfois, quand une situation, un souvenir sont trop douloureux ou compliqués, la mémoire est sélective. Les souvenirs sont rognés. On ne conserve que le meilleur.

Moi, je garderais en tête que c'est avec Alexia qu'on a foncé, comme dix-huit ans plus tôt : avec la même folie, la même envie, la même passion et le même sens de l'humour qui fait que même la tronche dans l'airbag on continuait à rire.

Le reste importe peu.

Le reste, on l'a déjà oublié.

– 16 –

Le vice du papillon

Au début de « D&CO », les questions de certains journalistes me déstabilisaient, c'est le moins qu'on puisse dire. Et c'était d'une originalité hallucinante. J'avais droit à : « Ça fait quoi d'être une animatrice télé avec un physique atypique ? », « C'est pas trop dur d'être différente des standards pour être devant le poste ? »

En résumé, ce qui les intéressait, c'était de savoir comment une petite grosse inconnue devenait populaire. C'était dit avec plus ou moins de tact, mais c'était toujours la même chose.

« Dis donc, Damidot, t'es grosse, ça fait bizarre, nan ? »

Une minorité se demandait si je m'y connaissais vraiment en déco, la plupart focalisaient sur mon poids. Ça me distrayait beaucoup, et ça montrait à quel point tout était standardisé à la télé, surtout le physique.

En vrai de vrai, ça me gonflait ces sous-entendus genre « elle bouffe trop, la Damidot », alors j'ai expliqué que non, je ne m'empiffrais pas de beignets au sucre toute la journée, je luttais contre une maladie pourrie qui s'appelle l'hypothyroïdie.

Ce truc m'est tombé dessus après la naissance de mon fils ; à cette occasion j'ai découvert qu'on avait tous une glande en forme de papillon dans la gorge. Un papillon de merde et très vicieux. Si ses ailes battent mal, tu peux manger un grain de riz par jour, tu grossiras encore plus que si tu t'empiffres de Nutella H24. Injuste et dégueulasse, cette bestiole. Contre ça, tu prends un médicament qui s'appelle le Levothyrox et tu pries sainte Cellulite que le papillon se régule. Comme si ça ne suffisait pas, le papillon te colle des bouffées de chaleur et des sautes d'humeur qui se manifestent au choix par des larmes ou de grands éclats de rire.

Bref, un animal top sympa qui te pourrit bien la vie.

Alors à la millième allusion à mes grosses fesses, j'ai lâché la bestiole qui s'est mise à faire un boucan d'hélico et qui a collé un gros malaise dans l'interview. Bizarrement, après ça, ça s'est calmé. Les journalistes ont préféré titrer sur mon côté « cash », « sans langue de bois » et « ingérable ».

« Ingérable »… Moi la timide maladive, ça me distrayait autant…

Yeah !

Il faut savoir que quand tu es animateur télé tu dois TOUJOURS (tu m'entends bien, là ?), TOUJOURS avoir un discours lisse et jovial. Tu ne dois pas trop dire ce que tu penses en vrai au fond de toi, tu dois bien rester dans le cadre.

Mais forcément, mes grosses fesses et moi, on débordait un peu. Et puis je l'ai dit, je ne sais pas tricher, faire semblant, être autre chose que ce que je suis, paraître…

Je me souviens d'une interview chez Jean-Marc Morandini sur Europe 1, l'émission médias où se bousculait le paf. Ma mère était alors à l'hôpital, rongée par le crabe. J'étais épuisée, ça n'allait pas très fort chez M6 qui parlait pour la millième fois d'arrêter l'émission, je venais d'apprendre qu'il n'y aurait probablement plus de *Victoire Bonnot*, bref, j'étais à vif.

Morandini a bien vu que j'étais mal, il a insisté sur mes projets télé, m'a titillée là où ça piquait, j'avais les larmes aux yeux, je bloquais mon chagrin, ça me donnait une voix pathétique pleine de trémolos. Plus l'interview durait et plus le papillon me brûlait les yeux et le cœur. J'ai dit que j'étais fatiguée, je n'ai pas cherché à mentir. Je ne sais pas mentir. Je n'ai pas craqué mais, ce jour-là, j'étais à deux doigts de le faire. Je me suis demandé si le jeu en valait la chandelle, si ce ne serait pas mieux de tout plaquer et d'ouvrir mon poney-club au soleil. Mais j'ai continué, j'aime mon métier, et surtout j'aimais « D&CO » et mon équipe.

Tout ça pour dire que, parfois, c'est un peu compliqué d'être « célèbre » et trop sensible. La célébrité apporte autant d'avantages que d'inconvénients. Attention, pas avec les gens dans la rue quand on m'accoste – c'est plutôt bienveillant, c'est souvent des gosses avec qui on fait des selfies ou des gens qui me demandent quand je viens redécorer leur maison ! Je pense que c'est la vanne que j'ai le plus entendue, d'ailleurs ! Non, la célébrité est contraignante quand, comme moi, tu es dépourvue de filtres. En vieillissant, j'apprends à fermer ma gueule, mais parfois c'est compliqué. Surtout quand tu prends position.

Le nombre de *haters* sur les réseaux sociaux qui m'ont défoncée au moment du mariage pour tous… Quand je vannais Frigide Barjot et Boutin, quand je disais que je ne comprenais pas qu'on puisse faire des manifs pour empêcher les gens du même sexe de s'aimer et de se le prouver, quand je défendais le droit des homos, je me prenais des volées de bois vert. « Quoi ? Comment ? De quoi se mêle-t-elle, la grosse en salopette ? » Le plus amusant restant cette insulte inexpliquée : « Damidot, sale pute à pédés. » À ce jour, je n'en ai toujours pas compris le sens !

Mais les amis, ce n'est pas parce qu'on passe dans le poste qu'on n'a pas d'idées ou d'avis : on est des citoyens comme les autres, eh oui.

Et puis, si tu n'aimes pas mes valeurs, ne me suis pas sur Twitter ! Moi, jusqu'à mon dernier souffle je l'ouvrirai quand une cause à laquelle je croirai sera menacée, j'ai été élevée comme ça. Mon père m'a appris à me battre pour défendre mes idées et dans le milieu dans lequel j'ai grandi on ne se tait pas, sinon c'est la fin.

Mon père disait toujours : « Pour savoir où tu vas, il ne faut pas oublier d'où tu viens. » Je n'oublie pas, et ce n'est pas parce que, aujourd'hui, je gagne bien ma vie que je ne sais pas ce qu'il en coûte pour arriver là.

Pour moi, la célébrité doit servir à aider ceux qui en ont besoin. C'est d'ailleurs pour cette raison que je me suis engagée au côté d'Omar et Hélène Sy. Lorsque je les ai rencontrés, j'ai eu l'impression, pour la première fois depuis longtemps, de rencontrer une famille, une vraie famille de cœur qui partageait les mêmes valeurs et les mêmes révoltes que moi.

– 17 –

Cé ke du bonheur

Faire en sorte que le quotidien des enfants hospitalisés soit un peu moins lourd à vivre, c'est le but de l'association Cé ke du bonheur (CKDB).

Toute l'année et dans toute la France, des centaines de bénévoles s'occupent d'organiser des ateliers, des sorties au théâtre, au ciné, de faire venir des personnalités, bref d'apporter un peu de bonheur aux gosses malades.

Chaque Noël, on apporte des milliers de cadeaux à tous les enfants et on fait des spectacles pour les faire kiffer.

Quand Hélène m'a proposé de devenir marraine de son association et de rejoindre

Omar Sy, Fred Testot puis Leïla Bekhti, j'ai pris mon rôle très à cœur, tout d'abord parce que la cause me touche, mais aussi parce qu'en aucun cas je ne voulais décevoir Hélène.

Hélène, c'est un peu mon héroïne.

Elle pourrait être la sœur que je n'ai jamais eue.

J'admire sa façon de gérer sa vie privée, ses quatre enfants, son boulot ; elle a une énergie incroyable.

En sept ans, je ne l'ai jamais vue baisser les bras, elle se bat sans relâche pour que CKDB réunisse les fonds nécessaires pour réussir à aider les enfants.

Avec « D&CO », on a refait plusieurs services pour enfants ; chaque fois, cela a été émouvant et stimulant, un énorme mélange.

Je pourrais vous parler de CKDB pendant des heures, mais le plus important n'est pas de parler mais d'agir.

En découvrant de plus près le monde hospitalier, j'ai compris à quel point, malgré un système de santé formidable, la France ne donne pas assez de moyens aux hôpitaux et au personnel médical. Comme si ceux qui votaient les lois se sentaient à l'abri de la maladie, protégés.

C'est pour ça que je trouve important d'aider les associations qui se démènent pour apporter un peu d'aide au sein de tout ce bordel.

Le truc qui m'a bluffée dès le début, c'est le courage dont font preuve les enfants malades.

C'est fou.

Toi, tu as envie de pleurer ou de te sauver de la chambre, eux, ils sont là, ils luttent et ils gardent le sourire et la pêche. Leurs familles sont parfois loin, parfois absentes, mais eux, ils restent forts. À chaque Noël, je reste scotchée, je prends une grande claque dans la tronche et une bonne leçon de vie.

Les parrains et les marraines sont là pour la vitrine, pour récolter des fonds et faire vivre l'association, mais rien ne serait possible sans les bénévoles qui travaillent sans relâche et sans Hélène qui les tient à bout de bras.

Du coup, pour collecter un maximum de sous, je participe à plein de jeux télévisés. Parfois, c'est top : je chante comme une casserole chez Nagui à « N'oubliez pas les paroles » ; grâce à Arthur qui nous aide beaucoup et souvent, je fais « VTEP »... Mais parfois c'est beaucoup plus compliqué pour moi !

Comme la fois où je me suis retrouvée à « Fort Boyard »...

Ne comptez pas sur moi pour vous raconter l'émission, rien qu'en écrivant le nom, j'ai l'impression d'être attaquée par une meute de mygales (oui, parfaitement, en Charentes, les mygales se déplacent en meute)...

Mais bon, tout ça n'est rien, le plus important étant qu'à la fin, dans la salle du trésor, l'équipe a récolté plein de boyards pour les enfants.

Parfois, j'aimerais bien vivre dans le monde de Oui-Oui, sérieusement.

Un monde dans lequel plus un gosse ne serait seul ou malade, un monde sans haine, sans violence ; un truc cool, quoi, une grosse communauté hippie qui ne penserait qu'au kif.

C'est mon côté cucul la praline, mon hypersensibilité de merde.

Je ne suis pas débile, je sais bien que c'est impossible, hein, je te vois venir.

N'empêche...

Ça me prend quand je lis les propos du Front national. Ça me détend, je pars en rêvasseries peuplées de gens souriants et aimables, cela m'empêche de m'énerver.

Généralement, ça ne dure pas plus de deux minutes, et souvent, c'est mon fils qui me réveille. Il est très fort pour ça, ce petit.

Il s'insurge, il gueule, il préfère la révolution à mes couronnes de fleurs pour lutter contre les extrémistes de droite.

Il a vingt et un ans, quoi.

Je range mes niaiseries et je m'insurge avec lui.

Je le regarde écrire, j'écoute son rap. Je suis tellement fière de lui ! Oui, je ne te l'ai pas dit, il s'est mis au rap, et il est vraiment doué.

J'aime assez l'idée que, malgré le fait qu'il n'ait pas eu la même enfance que moi, il ait, au fond de lui, les mêmes préoccupations, les mêmes envies que tout le monde s'en sorte, la même culture politique, les mêmes révoltes que moi.

Je me dis que je ne l'ai pas trop mal élevé. Je me dis que c'est peut-être grâce à cette génération que le monde va enfin s'en sortir. Je repars en rêvasseries, je m'autosaoule ; je reste une éternelle optimiste.

Ma fille, elle, c'est sur du papier qu'elle s'exprime. Elle fait des études de dessin. Elle a hérité du talent de mon père, qui depuis qu'il est à la retraite a toujours une toile en préparation sur son chevalet, une exposition à venir.

D'ailleurs, depuis la mort de ma mère, chaque jour il dessine son visage au fusain en gros plan, puis il l'efface et il recommence le lendemain. Il soutient qu'il ne sait plus dessiner, qu'il a oublié son visage ; moi, je sais que c'est faux. Je sais qu'il efface et recommence chaque jour parce que ça l'aide à se lever le matin, d'avoir rendez-vous avec elle…

Roxane, ma fille, dessine encore mieux que lui. Elle me bluffe. Elle va parfois dessiner avec lui ; il la regarde faire en souriant. Il aime ce petit moment à eux, il lui donne des conseils… Moi, je n'ai jamais été foutue de dessiner une maison. Je suis tellement nulle qu'un enfant de quatre ans aurait honte pour moi.

En revanche, je suis bonne cuisinière…

Chacun son truc.

Je trouve assez folle cette continuité dans une vie, ce relais entre les générations. Je les trouve beaux, mes deux petits cons, je les aime passionnément.

Je peux les regarder et les écouter pendant des heures.

On est assez fusionnels. Je ne peux pas passer une journée sans leur parler, les renifler, les entendre, c'est comme quelque chose d'hyper animal.

Ce sont eux qui chaque jour me donnent la force de continuer à relever de nouveaux défis, ils sont devenus mon fameux « vent du large », me poussant sans cesse à me dépasser. Ils sont toujours derrière moi, ils m'encouragent et me stimulent tous les jours.

Je pense que pour aimer vraiment les gosses, il faut soi-même rester un gosse, ne jamais oublier celui qu'on a été. Moi, ça ne risque pas de m'arriver : j'ai entre sept et dix-sept ans selon mon humeur…

Élever des gosses, c'est le meilleur truc de la vie. C'est mieux que n'importe quelle drogue, mieux que tous les kifs de l'univers réunis, mieux que… OK. Bon, heu… Je retire ma couronne de fleurs, je sens que j'écris comme dans *Femme actuelle*.

Alors que je rédige ce livre, je viens de signer pour l'un des plus gros défis de ma carrière.

Je ne sais pas ce qui m'a pris.

La ménopause sans doute, j'ai accepté de faire « Danse avec les stars »…

En vrai de vrai, je le fais surtout pour ma maman.

Elle adorait danser, elle adorait cette émission, elle n'a vu que les deux premières saisons, et je me souviens encore comment elle nous saoulait avec David Ginola et Matt Pokora. Elle me disait : « C'est quand même autre chose, ces danses-là ! », sous-entendu : « Vous ne savez pas danser. Vos trucs à la con, ce n'est pas de la danse, c'est au mieux de la gym sur du bruit. »

Moi, je me fichais un peu d'elle, le cha-cha-cha et le tango, ces danses de vieux…

Mais au fond, je savais bien qu'elle avait raison, et j'aurais bien aimé savoir aussi bien danser que les filles de l'émission…

Parce que, certes j'ai le sens du rythme, mais côté pas de danse, je suis plus Travolta que Carmencita Calderón (je vous laisse googler, ça vous cultivera) !

Chaque chose que j'ai faite dans ma vie, je l'ai faite pour que ma mère soit fière de moi, et chaque fois elle mettait la barre un peu plus haut. Comme je l'ai déjà dit, j'ai attendu jusqu'à la fin de sa vie qu'elle me dise qu'elle était fière de moi. Elle ne l'a peut-être pas formulé mais je sais qu'elle l'était.

Alors, danser le tango, la salsa, la valse et tutti quanti, je suis certaine que, forcément, de là où elle est, elle va regarder, juger, détailler… Et je peux vous dire que même si j'ai une peur bleue du jury, c'est d'elle dont j'ai le plus la trouille.

Je n'ai pas intérêt à rater mes pas, ni à être éliminée trop tôt, sinon qu'est-ce que je vais prendre quand je la rejoindrai…

Mon dernier défi personnel, après celui de ne pas être trop ridicule sur le *dancefloor*, ce sera de monter sur scène, de faire un one-meuf-show.

Grâce à Jarry, je suis déjà montée seule sur scène ; on avait écrit un sketch ensemble et il m'a poussée à le jouer devant une salle pleine, juste avant son propre spectacle. J'étais tétanisée.

Il m'a regardée en fronçant les yeux.

J'avais beau me répéter que c'était une chance incroyable, que Jarry était un amour de me laisser partager cette expérience avec lui, j'avais à nouveau trois ans et c'était ma toute première rentrée des classes.

On avait bossé pendant des semaines.

Mon ami Jarry est l'un des mecs qui me font le plus rire au monde ; on se ressemble, on a le même genre de parcours, je lui fais une confiance aveugle ; pourtant là, au moment de monter sur scène, j'ai cru mourir.

Mais ce que j'ai éprouvé à la fin, quand les spectateurs ont applaudi à mes conneries, était aussi fort que la première fois où j'ai gagné le concours d'obstacles avec Gigantor, plus fort que mon premier baiser en sixième avec Raphaël Lefur, plus puissant que n'importe quelle fois où j'ai battu Nathalie à la course dans la montée d'Argenteuil avec mon vélo.

La scène sera mon dernier vent du large, et tant pis si je prends une bourrasque force 10, le kif est plus fort que le reste…

Parfois je me demande où je serai dans vingt ans.

La télé n'est pas faite pour les vieux, on ne va pas se mentir. C'est un milieu cruel, surtout pour les femmes, je ne suis pas sûre qu'à soixante-dix ans je serai en prime sur TF1…

Je serai peut-être enfin à la radio…

Je ne vous l'ai pas encore dit, mais c'est le drame de ma vie : jamais aucune radio n'a voulu de moi…

Oui, d'accord, ce n'est pas un drame, n'empêche, ça me fait de la peine et j'en rêve encore !

Non, quand je serai vieille je sais où je serai.

À Ibiza.

Dans une grande baraque remplie de gens, de clébards, de musique, et je fumerai des gros joints en admirant le coucher de soleil, les gens du coin diront : « C'est une vieille gloire de la télé, elle refaisait des baraques… »

Et moi, je m'en irai comme Lucky Luke, sur mon canasson en chantant du NTM.

On venait tous du même quartier
On avait tous la même culture de cité
Ouais ! C'était vraiment l'idéal en effet
On avait vraiment tout pour réussir mais
Tout n'est pas si facile
Les destins se séparent, l'amitié, c'est fragile
Pour nous la vie ne fut jamais un long fleuve
[tranquille
Et aujourd'hui encore, tout n'est pas si facile,
[tout ne tient qu'à un fil…

– 18 –

La brigade des urnes

« Bonjour madame Damidot, il faudrait que vous nous rappeliez au plus vite, votre maman est morte. »

Voilà... Un simple message sur mon répondeur. C'est ainsi que j'ai appris la nouvelle.

Soixante-dix-huit ans de vie résumés en une phrase sur un putain de répondeur.

Alors, oui, je savais que ma maman était proche de la fin – elle était en soins palliatifs depuis cinq jours –, mais je me suis demandé quelle gueule avait le mec qui annonce ça comme s'il énonçait une liste de courses, machinalement. J'avais envie de l'appeler et de lui dire : « Ta mère est morte, connard, et ton père aussi, et toute ta famille. Bonne journée, fils de pute. »

Au lieu de ça, je suis tombée en larmes dans les bras de mon pote Nicolas qui, ce jour-là, réalisait mon émission déco. Je suis restée blottie dans ses bras pendant une éternité en pleurant de rage et de chagrin. Et puis quand je n'ai plus eu un centilitre d'eau dans mon corps, que mes yeux ont brûlé et que le tee-shirt de Nicolas a dégouliné de ma maman partie, je me suis mouchée et on est tous partis déjeuner. Comme parfois le destin s'acharne, le seul resto de cette ville de banlieue ouvert était collé aux pompes funèbres…

J'ai ri nerveusement.

Et puis, j'ai bu énormément de mauvais rosé.

J'ai pensé au vieux charognard, je lui ai même dédié deux, trois verres. Je me suis dit que maman l'avait retrouvé et que s'il se permettait une vanne, elle lui fermerait son clapet d'ivrogne.

Toute l'équipe était là, on s'est tous pris dans les bras. J'ai encore chialé et puis j'ai décidé qu'on finirait ce putain de tournage, parce que ma maman, elle n'aurait pas du tout aimé qu'on s'arrête de bosser pour elle. Elle aurait voulu qu'on finisse l'appartement de la famille chez qui on était, elle aimait bien qu'on termine ce qu'on commençait.

Alors on y est retournés, on a terminé, j'ai encore chialé et, à la fin, je lui ai dédié l'émission.

Je ne crois pas en Dieu, au paradis ni à toutes ces conneries, mais je me suis dit que, forcément, après la mort il y avait un endroit où on se retrouverait tous, et vu que je crois aux fantômes, je suis sûre qu'elle m'a entendue et qu'elle a été fière de moi et de mon courage.

La veille de sa mort, j'étais passée la voir avec ma fille. Il y avait un match de foot. Ma maman adorait le foot, elle ne ratait pas une rencontre. Du coup, j'ai mis le son de sa télé fort pour que, malgré le coma dans lequel elle était depuis trente-six heures, elle entende le score et qu'elle kiffe un peu.

L'infirmière m'a prise à part et m'a bien fait comprendre que si j'avais des trucs à lui dire, c'était le moment. Un frisson glacial m'a parcouru l'échine et je me suis mise à trembler, la gorge serrée.

Quand je suis rentrée dans sa chambre, Roxane, ma fille, commentait le match à côté d'elle. Je me suis assise et je lui ai raconté tout ce qui me passait par la tête. Tout ce que je n'avais pas eu le temps de lui dire : que je l'aimais, qu'elle m'avait apporté tellement de choses… Je lui ai demandé de me pardonner nos engueulades débiles ; je l'ai serrée dans mes bras, elle était légère comme une petite plume – à la fin, elle pesait trente-cinq kilos… – et puis quand le match s'est terminé, on est parties sur la pointe des pieds avec Roxane. On a pris le scooter et pendant tout le chemin du retour on a pleuré, sans se dire un mot, les joues brûlées par le froid du début de l'hiver. On est rentrées et on s'est maté un western, parce que le western et le foot, c'étaient les deux passions de maman.

J'ai mal dormi.

Le matin vers 6 heures, j'ai vu maman assise sur mon lit, elle n'avait plus du tout sa tête de malade, elle était belle, elle a souri, et elle a disparu.

Je sais qu'elle est morte à ce moment-là et pas à 11 heures quand l'abruti m'a laissé le message cinq heures plus tard…

Ma mère était malade depuis des années. Le cancer qui rongeait ses poumons la faisait terriblement souffrir. Elle a d'abord été opérée d'un premier cancer, les médecins lui ont retiré tout un gros morceau de poumon, mais elle a refusé la chimiothérapie. Hors de question pour elle de perdre ses cheveux, sa dignité, perdre son temps à ingurgiter des médocs qui faisaient vomir, c'était non négociable.

Elle a rechuté. J'ai tout fait pour l'aider. J'ai compris qu'elle préférait se laisser partir. Le jour où elle m'a enfin écoutée, où elle a enfin accepté de consulter le cancérologue que je lui avais recommandé, il était trop tard. La maladie était trop avancée. L'été est arrivé, elle était fatiguée, elle voulait partir au soleil, voyager, comme si elle savait que ces vacances seraient son dernier baroud d'honneur.

Alors j'ai offert de belles vacances à mes parents.

J'ai réservé une suite dans l'hôtel le plus beau que j'ai trouvé à Chypre. C'était un bon compromis, pas trop loin, pas trop crevant…

La deuxième semaine, elle m'a téléphoné, elle ne pouvait plus marcher. Elle devait souffrir horriblement pour me l'avouer. J'ai exigé qu'elle rentre et qu'on la rapatrie à l'hôpital en France. Elle n'a pas voulu, pas question de gâcher l'argent des vacances… On s'est engueulées, j'ai demandé à ce qu'un médecin vienne la voir, il est venu. Il m'a appelée, il était désolé. Il a dit : « Laissez-la finir ses vacances, il n'y a plus grand-chose à faire pour l'instant. »

J'ai su que c'était la fin.

Au retour de mes parents, l'état de ma mère s'était beaucoup dégradé. Mon père m'a aussitôt téléphoné. J'ai appelé l'hôpital Pompidou, il n'y avait plus de place dans le service d'oncologie. Ma mère a été placée en gynécologie.

Pendant les quinze jours durant lesquels elle est restée dans ce service, je me suis levée chaque matin à 6 heures pour aller lui faire prendre son petit déjeuner, sous peine qu'elle ne mange rien : les infirmières ne sont pas assez nombreuses pour faire manger chaque malade, du coup elles posent le plateau et passent à la chambre suivante.

Je ne leur en veux pas, c'est le système hospitalier qui est mal foutu. Le personnel soignant est en sous-effectif, il est crevé, saoulé, et il est le premier à trinquer, je trouve ça fou.

Ma maman n'ayant pas la force de manger seule, c'est devenu notre petit moment à toutes les deux. Je la coiffais, je lui passais des lingettes sur le visage, je la parfumais et je partais maroufler. Le midi, mes enfants ou Régis prenaient le relais, le soir, pareil.

Je déteste les hôpitaux, les médecins, les infirmières, ils ont une façon de traiter les gens parfois à la limite de l'indécence ; comme ce médecin qui avait dit froidement à ma fille qui pleurait : « Il va falloir être plus forte, mademoiselle, votre grand-mère va mourir. » Elle ne sait pas à quel point dans ma tête j'ai rêvé mille fois de lui fermer sa bouche à coups de poing, à cette conne de docteur.

Voui, je sais, vous allez me dire qu'ils sont blindés, bla-bla-bla, n'empêche qu'un peu d'humanité ne ferait de mal à personne. La preuve, dans le service où ma maman est restée deux semaines, le médecin chef a été exceptionnel. Il m'a souvent rassurée, consolée, et il venait voir maman dès qu'il le pouvait. C'est lui qui nous a trouvé une place en soins palliatifs juste à côté de chez moi. Sans lui, je ne sais pas comment on aurait eu la force de tout faire.

Au final je pense que les infirmières devraient être mieux payées, mieux traitées et être plus nombreuses. Je suis certaine que ce serait mieux pour tout le monde.

Quand maman a été transférée en soins palliatifs, j'ai découvert les coulisses de la mort. D'abord, quand je suis arrivée, une infirmière m'a emmenée dans une petite salle pour m'expliquer qu'ici on ne soignait pas, qu'on accompagnait les gens vers leur fin. Ah ouais ? Cette blague…

Ensuite, on te propose des brochures sur Dieu, l'après, le deuil, tout un tas de conneries posées sur du papier glacé. Je me demande s'il y a vraiment des gens qui lisent ces trucs et, si oui, à qui ça fait du bien.

Rien ne peut apaiser ton chagrin quand tu perds quelqu'un que tu aimes. Rien de rien. La douleur te prend au bide comme un uppercut et te sèche sur place, tu n'as plus aucun repère, et c'est encore plus violent quand tu amènes ta maman dans un endroit d'où tu sais qu'elle ne ressortira jamais. J'avais l'impression de l'emmener à l'abattoir, j'avais la sensation qu'on m'arrachait le cœur, qu'on effaçait mon enfance, que tout tournait autour de moi comme dans un manège hystérique… Alors garde tes prospectus, madame ; si tu n'es pas magicienne, tu ne me sers à rien.

Je lui ai dit, elle a hoché la tête et m'a répondu : « Je vais vous montrer la chambre de votre maman. »

Voilà.

Une chambre orangée, avec vue sur un parking, maman y resterait cinq jours. Dès le troisième jour, elle est tombée dans un coma profond, assommée par la morphine.

Mon père a passé des heures à côté d'elle, il lui tenait la main. Parfois, il s'endormait sur le fauteuil et je voyais qu'il avait pleuré. Cinquante-huit ans qu'ils étaient mariés, qu'ils s'aimaient, qu'ils partageaient tout. Il a pris trente ans dans la gueule, il s'est rabougri, il a maigri, il s'est étiolé avec elle. Il était aussi assommé que maman, il titubait et chaque soir au dîner il pleurait, on aurait dit un enfant perdu. Moi, je prenais mon chagrin et le sien sur mes épaules.

Je ne saurai jamais qui m'a laissé le message sur le répondeur. C'est mieux comme ça. J'aurais sûrement perdu mon sang-froid, maman n'aurait pas aimé. Elle détestait quand je m'énervais, elle disait tout le temps : « Arrête de jurer comme un charretier » ; je ne connais pas cette corporation, mais a priori on parle le même langage.

Le lendemain de sa mort, il a fallu trouver des pompes funèbres ; ça n'a pas été difficile, il y en a toujours plein autour des hôpitaux… On est rentrés avec Régis dans le plus petit, la dame qui nous a accueillis derrière son bureau était souriante et avait l'air gentille. Elle a vite compris que feuilleter des catalogues de cercueils pour choisir celui dans lequel reposerait maman avant la crémation, ce n'était pas mon truc. Face à mes sanglots entrecoupés de rires nerveux, elle a proposé de s'occuper de tout. Pour l'urne, je voulais quelque chose de joli, parce que je voulais la garder. La dame m'a expliqué que normalement on ne gardait pas les urnes, il fallait les rendre ou disperser les cendres rapidement. J'ai répondu que j'attendais de pied ferme la brigade des urnes qui viendrait chez moi reprendre maman. J'ai expliqué que quand mon père partirait à son tour, je disperserais leurs cendres ensemble et qu'en attendant je garderais maman.

Alors on a choisi une urne noire, une urne passe-partout.

J'ai demandé à la dame si elle pouvait mettre une couette sur ma maman. J'ai dit qu'elle avait toujours été frileuse et que j'avais peur qu'elle ait très froid dans le frigo de la morgue. Elle a pris la couette que j'avais apportée et elle a promis de s'en occuper. Elle n'a pas trouvé ça idiot, elle a dit qu'elle comprenait.

J'ai organisé les funérailles de maman. Au Père-Lachaise, dans la grande salle.

J'ai fait venir des chanteurs de gospel, parce que maman adorait ça, et on a passé un petit film, une compil des meilleurs westerns, je trouvais ça classe qu'elle parte au son des coups de feu de John Wayne et de Gary Cooper.

Et puis on est rentrés, et mon papa s'est installé chez moi. Il y est resté dix-huit mois. Aujourd'hui il habite dans ma rue à cinq numéros de chez nous. Il ne s'en est jamais remis, moi non plus.

La vie continue, mais il y a désormais un truc cassé au fond de moi, un regret éternel de ne pas avoir assez parlé avec maman. Un vide abyssal que je ne cesserai jamais d'essayer de combler.

– 19 –

Zisiz zi end

Quand j'étais petite, ma maman me racontait une histoire, souvent la même. Oui, les enfants sont monomaniaques. Chaque fois que maman approchait de la fin, mon cœur se serrait, je savais qu'elle allait partir, me laisser seule avec la veilleuse.

Je déteste les fins.

Je déteste les départs.

Chaque fois qu'elle refermait le livre, j'étais prête à faire n'importe quoi pour la retenir.

Je rêvais d'être le sultan de Shéhérazade et d'imposer mille et une nuits d'histoires à ma mère. Parfois je grattais cinq minutes en posant des questions : « Et si Blanche-Neige épousait un des nains ? Et si la meuf au bois dormant ne se réveillait jamais ? Et si ce crétin de Pinocchio ne ressortait jamais de la baleine ? Et si cette cruche de Cendrillon cassait sa godasse ? »

Chaque fois maman me répondait : « Mais Valérie, TOUTES les histoires ont une fin, on ne peut pas les réécrire et recommencer au début, ça n'a pas de sens. »

Mais moi, je rêvais que, pour une fois, une seule petite fois, on retourne au début et qu'on change le scénario.

Longtemps après j'ai joué à ça avec mes enfants, j'ai changé les fins, j'ai brouillé les pistes, j'ai réécrit les contes. J'ai marié Cendrillon avec un palefrenier, Pinocchio est resté avec ses oreilles d'âne, et la chèvre de M. Seguin a fait un mawashi au loup et régné sur toute la vallée.

Aujourd'hui, à cinquante et un ans, je me retourne sur mon histoire et je me demande ce que je pourrais changer.

Réellement.

J'ai beau réfléchir.

Rien.

Pas un paragraphe.

Je referais tout pareil.

Je continuerais de rêver à côté d'Ulysse en matant par la fenêtre, j'aurais les mêmes amis, les mêmes vacances, les mêmes profs, les mêmes bus et trains pourris de banlieue, je continuerais à rêvasser au pied des mêmes cités, j'aimerais les mêmes mecs, je ferais l'amour dans les mêmes chambres d'hôtel, les mêmes bagnoles, sur les mêmes plages, je bosserais avec les mêmes personnes – même les pires –, je ne renoncerais à rien. Même mes erreurs, je les garderais, parce que souvent, grâce à elles, j'ai rencontré des gens formidables et fait des choses qui l'étaient tout autant.

Alors oui, maman, tu avais raison, on ne réécrit pas l'histoire, on ne refait pas le scénario, on ne regrette rien.

Enfin presque…

Moi, je changerais un seul petit chapitre : je dégagerais ta saloperie de cancer, je t'empêcherais de partir si tôt, je profiterais de toi jusqu'à la lie, je t'embrasserais jusqu'à t'étouffer, parce que chaque jour depuis quatre ans j'ai mal à en crever en pensant à toi.

Voilà…

Pour le reste, je pense que tu dois être fière de moi, je n'ai pas trop trahi ce que tu m'as appris, je ne suis ni médecin, ni avocate, mais bon, j'essaie de « faire tout mon petit possible » pour être une belle personne. (Et là, tu l'imagines dit avec la voix de Marion Cotillard…)

Et si « pour savoir où on va faut jamais oublier d'où on vient » (merci papa), je sais que je resterai toujours cette gamine de banlieue, mal coiffée, avec ce rire tonitruant, joyeuse, impatiente, lançant éternellement son vélo rouge jusqu'en haut de la côte pour voir si, derrière les tours, il n'y a pas une prairie remplie de chiens et de BN, et chaque fois, hors d'haleine, je me répéterai : « La prochaine fois ça marchera »…

Crédits

Cahier-photos : collection personnelle de l'auteur.

Table des matières

Mise en pages PCA
44400 Rezé

IMPRIM'VERT®

PEFC™ 10-31-1510

Imprimé en France
par Corlet Imprimeur
14110 Condé-sur-Noireau
Dépôt légal : novembre 2016
N° d'impression : 184359
ISBN : 978-2-7499-3088-6
LAF 2276